サミュエル・ジョンソン 著

Samuel Johnson

王子ラセラス、幸福への彷徨

The History of Rasselas, Prince of Abissinia

マテーシス 古典翻訳シリーズ Ⅵ

高橋昌久　訳

風詠社

目次

第二部

凡例

一．本書はサミュエル・ジョンソン（1709-1784）による *The History of Rasselas, Prince of Abissinia* を Samuel Johnson, *The History of Rasselas, Prince of Abissinia*, Penguin Classics, Kindle Edition, 2007. を底本として高橋昌久氏が翻訳したものである。

二．表紙の装丁は川端美幸氏による。

三．読書の助けとするため、本書末尾に編集部が文末脚注を施した。

四．小社の刊行物では、外国語からカタカナに置換する際、原則として現地の現代語の発音に沿って記載している。

五．「訳者序文」の前の文言は、訳者が挿入したものである。

六．本書籍は京緑社の kindle 版第五版に基づいている。

Forsan et haec olim meminisse juvabit.

Vergilius "Aeneis"

いつの日か、今回のことも振り返ってみれば楽しいことだったと思うかもしれない

ウェルギリウス「アエネーイス」

訳者序文

ジョンソンのこの作品は岩波文庫においては『幸福の探求』という題で既に出されていた。その邦題が示すように、幸福をテーマにした作品である。

似たような作品としてはヴォルテールの名作『カンディード』があり、基本的に本作はその下位互換と見做されている点が強いようだ（漱石もジョンソンのこれにどこか低い評価をつけたと記憶している）。実際にこの作品を好む私でも、ヴォルテールの方が完成度が高いと言わざるを得ない。話の流れはそちらの方が自然であり芸術的な側面もやはり優れている一方で、本作は物語形式ではあるが明らかに教訓的な、エッセイ的なものに重きを置きすぎている。

とはいえこちら方が現実的な部分も強く、通俗的世俗的なところがあるのが逆にこの作品の長所でもあると私は考えている。幸福とは結局基本的な、平凡な生活において根付くものであり、才能を発揮したりしなければいけない代物ではないからである。その意味で時代や国は違えども、本作はどこかリアルな、陳腐とも言えるリアルさを持っている。

「人は自分が思っているほど不幸でもなければ、かつて願っていたほどに幸福でもない」という箴言がどこまでもこの俗的な世界を穿っているのである。

第一部

第一章　谷中にありし宮殿に関して描述すること

空想の囁きに疑わず耳を傾け、熱心さをもって希望の幻影を追いかける者よ。年齢を重ねていけば若き時の期待が満たされ、今日の欠乏も明日になれば解消されると思っている者よ。アビシニア[1]の王子の物語を傾聴するが良い。

ラセラスは力ある王国の第四王子であり、その王国の領域は水の父と言うべきナイル川を始源とする部分もあった。その川の賜物はたっぷりとした水を流し下ろし、世界の半分にエジプトの収穫を散財させる。

灼熱とも言える地帯にある王国で世代から世代へと受け継がれていった慣習により、ラセラスはアビシニアの王族である他の息子や娘たちと一緒に、王位継承の順番が来て王座へと呼ばれるまで内密な場所に隔離されていた。

叡智あるいは昔からの方針によりアビシニアの王族たちの居住地として定められているこの場所は、アムハラ王国[2]にある広く行き渡る谷にあり、四方は山に囲まれ、その山々は真ん中の部分に頂を突き出している。そこに入れる唯一の道は岩の下にのみあり、そこは長年自然によってできたのか、それとも人力によってできたのか議論の的になっていた。洞穴の出口は厚い木々により隠され、谷へと開いていた開口部は古の時代の技術者により鍛造された鉄の門により閉ざされ、その門はあまりにずっしりと分厚く、いかなる者も機械エンジンの助け無くして開けたり閉めたりすることとできなかった。

四方の全ての山から小川が下り、それが谷一帯に生気をもたらし肥沃にし、谷の真ん中にあらゆる種類の魚が住む池を形成した。そしてその池には水に己の翼を浸す本能を持つあらゆる種類の鳥がやって来た。この池の余剰の水が北側の山にある暗い裂け目へと流れ込んでいき、崖から崖へと聞こえなくなるまで恐ろしい音を立てながら流れ落ちていった。

山の側面は木々によって覆われていて、川の岸には多数の花が散在していた。ひと風吹けば岩から芳しい香りが漂い、毎月ごとに果物が地面に落ちた。草を食んだりする草食動物は皆、この広大な場所を巡り歩き、彼らを囲む山が獣の餌食になることから彼らを守った。その領域の一つでは動物の群れが牧草を食んでいて、別の箇所では鹿や狐が芝生で跳ね回っていた。元気な子山羊が岩の上で跳ねていて、器用な猿が木々で陽気に騒いでいた。そして重重しい象が影で憩っていた。世界の多様性全てがここにもたらされ、自然の祝福がここに集まり、邪悪な性質は引き抜かれ放逐された。

広大で実り豊かなこの谷は、そこの居住者の生活上の必要を供給し、音楽とともに鉄の門が開き、皇帝が毎年自分の息子娘等を訪ねた際のあらゆる喜びや贅沢品もそれに加わった。そして皇帝が行幸している間の八日間、谷の住人は全員、隠遁生活を心地よくしたり、注目すべき対象がなかったりするとそれを補填したり、退屈な時間を殺したりするための案を要求された。あらゆる望みは直ちに叶えられた。喜びをもたらし得る考案者が、祝祭をより喜ばしくするために呼ばれた。音楽家たちは和音の力を弾き出し、舞踏者たちが王子たちの前で踊ったりしてその祝福ある囚われの身で生活を送れるような気分にさせた。そのために快適な生活に更に斬新さをもたらすと考えられるだけの催ししか行われなかった。隠遁生活が呈した安全性と喜びとはかようなものであり、そしてそのような状態は永遠に続くものと訪問者たちは思ったのであった。そして鉄の門が一旦閉じると、もはやそこから出られなくなった故に、その宴のあとの続いていく生活の実状については知られる由もなかった。そして毎年毎年新たな喜びの計画が発案され、谷に閉じこもるために争う者の数が尽きなかった。

宮殿は池の表面に四十五メートルの高さで聳え立っていた。そこは多数の広間と庭に区分けされていて、その部分に居住することになる人の位に応じて立派さが異なっていた。屋根はセメントも混じった分厚いアーチ型の石で、年の経過につれ強固になっていった。そしてその建物は建築されて幾多の世紀が経ち、夏の雨や春秋の大嵐などものともせず、それゆえに修繕作業は不要であった。

この住処の広大さをその詳細に至る部分まで知っている者は、王宮の秘密を語り継がれてきた数名の年老いた役人くらいだった。その建築においては、「疑惑」の女神が設計図を口授したのかと思われるものばかりであった。全ての部屋には開けた隠し通路があり、どの区域も上層階の私用の廊下や下層階の地下通路を経由して残りの区域とも繫がっていた。多くの円柱には予期せぬ窪みがあって、先祖代々の君主たちが各自の宝をそこに保管した。するとその保管箇所の開いている部分を大理石で閉じて、王国のよほどの緊急事態でもなければそれが再度開かれることはなかった。そしてその保管した宝の今までの蓄積を記帳し、それもまた皇帝とその直接の次期継承者である王子以外は入ることのない塔に封印された。

第二章　幸福の谷に住まいしラセラスが不満を抱くこと

ここでは、アビシニアの息子と娘たちは、喜びと安楽のゆったりとした入れ替わりとそれに伴う貢献物位しか味わうことがなく、五感が享受できるものなら何でも満足した。彼らは香りが芳しい庭を歩き回り、強固な安全性の下で眠った。あらゆる行いが自分たちの状態を快適にするために実行された。彼らを導いた賢者たちは公共生活の悲惨さ以外は何も伝えず、山の向こう側は災禍に満ちていて、常に不和が旋風し、人が人を餌食にしていると伝えた。

自分たちが幸福だという意見をより確固とするために、彼らは日常的に「幸せの谷」を歌って楽しんだ。彼らの欲求は平素ある多様な娯楽の一覧表を見ては興奮し、夜明けから日没までずっと歓楽やお祭り騒ぎが彼らの日課であった。

こういったやり方は大抵の場合うまくいった。活動領域を広げようと望む王子はほとんどなく、自然にせよ人為にせよそれらが提供するものは全部自分たちの手に届くところにあるものと完全に確信しつつ人生を過ごしており、この平穏な場所から運命により排除された人たちを、偶然により翻弄されたり悲惨な奴隷状態にある者としてその境遇に同情した。

こうして彼らは朝に起きて夜に横たわり、お互いそして自分自身に満足し、ただ二十六歳のラセラスだけが彼らの愉悦と集まりから離れて孤独な散歩や静かな瞑想で喜びに浸った。そして美味しい料理が置いてある机の前に座ったが、目前にあるその料理の美味しさを忘れることもしばしばあった。彼は歌の真っ最中に突然立ち上がり、音の調べからそそくさと立ち去った。彼に付き添っていた人は彼の態度の変わり具合を見て、谷での喜びを再度享受できるように努めた。ラセラスは彼らの慇懃さを無視して、彼らの招きを拒絶し、木々によって囲まれた小川の岸で毎日過ごし、そこで彼は枝にいる鳥の囀りを聴いたり、小川の流れで戯れている魚を時折観察したり、あるいは草を食んだり低木で寝そべったりしている動物いっぱいの牧草地や山に時折目をやったりした。

彼の態度の奇妙さが周囲の注目を浴びた。賢者の一人は、以前は会話でラセラスを楽しませたものだが、彼の後をつけてなぜこんなそわそわしているのかを明らかにしようとした。誰も近くにはいないと思っていたラセラスは、たまに岩の間にある木の芽を漁っている山羊を凝視して、自分の置かれている状態と比べてみた。「一体全体、人と他の被造物である動物との差異を成すものは何だ」と彼は言った。「私の側を彷徨う獣も私と同じ肉体上の欲求を持っている。その獣もまた腹を空かし草を食い取ったりするし、喉も乾き川の流れから水を飲み、そして彼の腹も喉も満たされ、満足して眠りにつく。その獣は再び起き上がって空腹の状態にあり、また腹を満たして身を休める。私もまたその獣と同じく腹を空かし喉も乾くが、腹が満たされ喉が潤っても身が休まらない。私はその獣と同じく欲望で疼いているが、その獣のようにそれが満たされたところで満足するわけではない。欲望と欲望の間の時間は退屈で陰鬱だ。もう一度お腹が空き、注意力をまた活発にできるように望む。鳥たちはベリーや穀粒を摘み、林の方へと飛んでいき、そこの枝に幸せそうに座り、ある一定の変わらぬ囀りをすることにより自らの生を浪費する。私はそれと似た感じでリュート弾きや歌手を呼び寄せることができるが、昨日は私を喜ばせた調べも、今日だと私を憂鬱にさせ、明日には更に憂鬱なものとなるだろう。私は、自分自身が適切な快を享受できるだけの感性は持っていると思っているのだが、それでも私はその快を感じることができないのだ。人というのは確かにこの場所から快を引き出せないような潜在的な感覚を有していたり、あるいは幸福になるにあたって満たされなければならない、感覚とは区別された欲求を持っているのだろう」

こう独白すると、彼は頭を上げて月が昇っていくのを見て、宮殿の方へと歩いていった。平野を通過していき、周囲の動物たちを窺いながら、「お前たちは幸福であり、お前たちと一緒に歩いている自分自身という重荷を担っている私を羨望することはあるまい。そして私としても、優しき生き物たちよ、お前たちの幸福を妬むこともない。というのもお前たちの幸福というのは、人間にとっての幸福ではないからだ。私はお前たちが背負わなくて良い多くの苦悩を抱えている。私は苦痛を感じない時にそれを恐れる。時折悪なるものを思い起こすと身が縮むし、またそれを予期するとぎくりとしてしまう。確かに摂理は公平さとして、奇特な苦しみと奇特な喜びをうまく均衡させたものだ」

こういった考察をしながら、王子は戻ってこれらのことを悲しげな声を発して面白がり、それでもなお自分の明晰さにどこか安堵を覚えたような様子を表情に浮かべ、人生の悲惨さの慰めを自身が感じた鋭敏さの意識や嘆き悲しみながらの雄弁さに見出した。彼は夜の娯楽に喜んで混ざり、皆は王子の心が元気になったことを見出して嬉しがった。

第三章　何も欲さないということを王子が欲すること

翌日、彼の指導者は王子が精神の病を経験したことと思い、これを助言によって回復させようと望んだ。そして私的に彼と対話しようと思ったが、一方では王子はかなり前からこの指導者の知性は衰え切っていると考え、あまりその対話に乗り気ではなかった。「なぜにこの男は私の方へとかようにずかずかと入り込んでくるのだ」と王子は言った。「私は彼の教えが新鮮であったゆえに楽しかっただけであり、その教えを忘れることは許されないのに、またそれを新鮮なものにする行動は忘れないといけないのか？」そして王子は林の方に歩いていき、いつもの内省に身を落ち着けた。彼の内省が具体的に何がしかの形としてまとまる前に、自分の追跡者が側にいることを感じ、最初は苛立ってその者をさっさと立ち去らせたいという衝動に駆られたが、かつて尊敬し今でもなお愛しているこの人物を害したくはないという思いによって、一緒に岸辺に座るよう自分の指導者を招いた。

老人はこのように奨励され、近頃王子に変化が見られるようになったことを嘆き、なぜ彼が宮殿の娯楽から頻繁に身を退き、孤独と沈黙へと入っていくのかを尋ねた。「私は快楽から飛び去る。というのも快楽に喜ぶようなことがなくなったからだ。私は惨めなために孤独であり、他の者の幸福をその場に私が居合わせることによって曇らせるようなことはしたくないのだ」と王子は言った。それに対して賢者は次のように言った。「王子、あなたがこの『幸せの谷』の惨めさに不平をこぼした最初の人物です。あなたの不満は何ら現実的な原因を持ってはおらず、アビシニアの王国が授けられるあらゆるものをここで完全に所有しておられます。ここでは耐えねばならぬ労働もなければ、恐れなければならない危険もありません。それどころか、ここには労働や危険によって提供されたり勝ち取ったりできるもの全てのものがあります。周りを見てください。そして教えてください。あなたの欲求を満たさないものはありますか？もし何も欲さないというのなら、どうして不幸になれるのでしょうか？」

「自分が何も欲さないということ、あるいは自分が何を欲しているのか分からないこと、これが私の不満の種なのだ。もし何か欲しているものが分かっていたら、何か具体的な願いがあるはずなのだ。その願いが私を努力するように励まし、太陽が西の山にあまりにゆっくりと落ちていくのを見て不平をこぼしたり、夜が明けると悲しんだりし、眠ることにより自分を自分自身から隠すようなことはもはやなくなるのだ。

私が子供や羊が互いに追いかけ回しているのを見ると、私も何か追いかけるものがあれば幸福になれるのではないかと思い巡らすのだ。だがすでに欲しいものは全部持っているので、一日一時間の各々が全く同じもののように思え、ただ後の時間がそれよりも前の時間よりも退屈であるというだけなのだ。そなたの経験からぜひ私になぜ一日が子供時代と同じくらい短いかを教えて欲しい。子供時代のあの時は、自然は私にとってまだ若々しく、一刻一刻私に今まで見なかったものを眼前に提供してくれていた。私はすでに楽しみすぎたのだ。何か私が望むようなものを教えてくれ」

老人はこのような新たな類の苦悩に驚き、何と答えればいいのか分からなかった。かといって黙ったままでいるのも嫌だった。「王子」と彼は言った。「もしあなたが世の中の悲惨さというものをその目で見たのなら、あなたの置かれている目下の状況にどのような評価を下せばいいかお分かりになるでしょう」。それに対して王子は言った。「今や、君は私に望むべきものを与えてくれた。私は世の悲惨さとやらを見にいきたい。というのもそれを見ることが幸福にとって必要なようだから」

第四章　王子が引き続き悲しみ物思いに耽ること

この時音楽の調べが食事の時間を知らせ、対話が止まった。老人の方は自分の説明が本来王子の意図を挫くことを目的としていたはずだったのに、結局逆効果の結論を生み出してしまったことにとても不満げな様子を抱きながらその場を立ち去っていった。だが人生の衰退期においては、恥や悲しみは長く続かない。それは当人がそういったものをすでに長く感じすぎた故に容易く耐えられるようになったからなのか、それとも年老いて他者に見向きされることが少なくなったが故に他者にも見向きすることがなくなるからなのか。あるいはそろそろ死の手により自分が人生の終わりを迎えることになるのを知っているが故に苦しみなどというものを軽んじるからなのか。

自分の視野がより広大な領域へと広がっていった王子は、はやる感情をすぐには抑えることができなかった。彼は以前自然が彼に約束した残りの人生の長さに恐怖したことがあった。というのも時間が長いということはそれだけ多くのことに忍耐しなければならないと考えたからである。今では彼は自分が若いことを嬉しがっている。なぜならば多くの年月をかければ多くのことが成し遂げられるかもしれないと考えたからだ。

彼の頭脳に今まで兆したことのない最初の一筋の希望が、彼の頬を再度若さで染めることになり、眼の輝きも倍化させた。彼は何か大層なことをやりたいという望みでやる気に満ちたが、具体的にどういったことをどういったやり方でするのかはまだはっきりとは分かっていなかった。

彼はもはや憂鬱であったり非社交的であったりすることはなくなった。だが幸福を内に蓄えている主人と自分をみなし、それを他の人から隠すことによってのみ優越感に浸れるわけだから、王子はあらゆる娯楽の催しに忙しいふりをし、自分はうんざりしていながらも他の人たちを嬉しがらせるよう努めた。だが、喜びというものは己の人生に従事していない状態で増加したり維持されていくようなものではない。昼も夜も、王子が他人に悟られずに一人物思いに耽っている時間が多数あった。人生の重みはだいぶ軽くなった。彼は人々の集まりに熱心に入っていった。というのも、彼が頻繁に人々の前で顔を出すことは彼の目的を達成するために必要なことだと思ったからだ。そして今や考えるべき新たな題目があるために、彼は喜んで一人の空間へと引っ込んだ。

彼の主な楽しみは、彼が今まで一度も見たことがなかった世界を思い浮かべることだった。空想上の困難に関わりあうこと、そして未開の冒険に出ること。だが彼の善き心はいつも自分の企てが苦悩からの解放、欺瞞の発見、抑圧の撃退、そして幸せを皆に振りまくという目的へと収斂していった。

こうしてラセラスの人生は二十ヶ月経過した。彼は縦横無尽に動き回っている自分の姿を熱心に空想することに夢中になり、現実の孤独を忘れてしまっていた。そして人間による多種多様な出来事に毎時間準備している間、どうやって人々の間へと入っていくのかを思案するようなことはしなかった。

ある日彼は岸辺に座って、ある孤児の乙女の不誠実な恋人がわずかな財産を奪っていき、困った彼女が自分に何とかそれを取り戻して助けてくれるように懇願している様子を想像した。この空想があまりに彼の脳裏に強く刻まれたが故に、彼は乙女を守るようにあたかも決心した様子で、空想上の略奪者を捕まえるためにこれ以上なく熱心に追いかけた。その姿は実に真に迫ったものであった。恐怖は罪悪感の高まりを和らげるものだ。ラセラスは逃亡者をその最大の努力をもってしても捕まえることができなかったが、譬え自分の走力では追いつくことができなくとも、忍耐強く追跡することによって逃亡者を疲れさせようと思い立ち、山の麓が彼の走行経路を妨げるまで走り続けた。そこで彼は心を落ち着かせ、自分の無益で性急な行動を鑑みて微笑んだ。そして山の方に目を上げ言った。「これこそが喜びを味わうことと美徳を行使することを一斉に妨げる運命が授けた障害物である。私の希望と願いがこの我が人生の境界線というべきこの山の向こう側へと向けられてからどれほど経つのか、私自身はまだこれを乗り越えていこうと試みてもいないのに！」

このような考えに打ちのめされ、彼は内省するために座り、監禁状態から自分を解放することを初めて決意して以来、太陽が周り毎年の経路をすでに二回彼の頭上を通り過ぎたことを思い出した。彼は今まで感じたことのない後悔の念を感じた。過ぎ去っていた時間のうちにどのくらいのことが成し遂げられたか、そして実際は何も達成していないことを思い巡らした。彼は人の一生と二十ヶ月を比較した。彼は言った「人生に関して測量する際、無知な幼児時代や肉体的に弱い年齢は考慮されるべきではない。我々は自分で考えられるようになるまでに長い年月を必要とするし、やがて活動する力も無くなってしまう。だから、人間が存在する本当の意味での期間は四十年間くらいに見積もるのが妥当といったところで、そのうちの二十四分の一を考えるだけで消費してしまった。私がこうして浪費して失ったのは確実である。なぜなら私は実際にそれを所有していたのだから。だが次の二十ヶ月間についても誰が保証できるというのか」

自分の馬鹿げた行いを意識することは彼の心を深く傷つけ、また調子を戻すにはかなりの時間を要した。「私の人生の残りの時間は、私の先祖たちの罪と愚行、そして母国の馬鹿げた制度により失われたものである。私はそれを思い起こすと嫌悪感を抱くが、自責の念に駆られることはない。だが私の魂に新たな光が授けられて以来過ぎ去っていった年月については、私自身が合理的に幸福な催しや計画を立てたが故に、私自身のせいで浪費された。私は決して取り戻せないものを喪失してしまった。私は二十ヶ月の間太陽が出ては沈んでいくのを見た。天の光を見るなんたる怠けた人間だ。この期間鳥たちは母鳥の巣を離れ、森や空へと飛んで独り立ちするだろう。子供は乳を離れ、自分で食糧を得るために次第に岩を登ることを学んでいくだろう。一方で私は何も前進しておらず、なのにまだ独り立ちできず無知ときている。二十回以上姿を変えた月が、人生の流転を私に教え諭している。私の足元にある川の流れが私の行動力のなさを非難しているかのようだ。私は地球が示している実例や惑星の教示など無視して知的な贅沢に現を抜かしている。二十ヶ月が過ぎたが、誰がそれらを取り戻すというのだ！」と彼は言った。

こういった物憂げな黙想が彼の頭を捉えて離さなかった。彼は自分の怠惰な決意にこれ以上時間を費やさないように決意することに四ヶ月間かけ、そしてある女中が陶器のコップを壊したのを聞いて、修理の効かないものはもう戻らないということに気づき自分の決意をより強く行使するように目覚めた。

それは明らかなことだった。そしてラセラスは自分自身に対して彼がどれほどの有益な手がかりを偶然によって得られ、頭が遠くまで視野を伸ばすことに性急になると、眼前にある真理をどれほど頻繁に無視するかを今まで発見できず、知ることなく、あるいは考慮することがなかったのを責めた。彼は数時間、自分の後悔を後悔し、その時以来自分の全精神を「幸せの谷」から抜け出すための手段に傾けた。

第五章　王子、脱出について熟考すること

彼は自分の達成したいことが極めて容易いと思っていたが、実は非常に困難なものだということに気づいた。周りを見渡すと、今まで破られたことのない自然の障害物に自分が囲まれていて、さらに一旦通りすぎると二度と戻ることができた者のいない門を見た。彼はあたかも檻に閉じ込められた鷹のように落ち着きがなくなった。彼は何週にもわたって山をよじ登って、薮が覆っているような割れ目がないかを発見しようとしたが、頂上部は突起部により登ることができないことに気づいただけであった。鉄の門を開けることは完全に諦めていた。というのもそれはあらゆる技術を駆使して開かないようにされているだけでなく、常に番人によって交代交代に見張られており、その見張っている位置から全ての住民を恒常的に観察することができたからだ。

ならば、と王子は池の水が排出されている洞窟を通ろうとも考え検討してみたが、太陽がその開口部を強く照らしたときに見下ろしてみると、そこは砕けた岩でいっぱいで、確かに水の流れならば多数の狭い通路を通って進むことができるが、大きな体積をもつ固体の場合はとても通れるものではなかった。彼は意気消沈しつつ戻っていった。だが希望の祝福を知っている

今、彼は絶対に諦めないと決心した。

こういった実りのない探索で十ヶ月彼は過ごした。しかしこの期間は、王子にとって楽しいものだった。毎朝彼は希望と共に起き上がり、晩は自分の努力を褒め、夜には疲労とともにぐっすりと眠れたのだった。彼は自分の勤しみを惑わし、気を散らすような無数の娯楽を目にした。王子は動物の多様な本能や植物の特性を見出し、もし自分がここから抜け出すことができなかったならば自分の身を内省によって慰めるための驚きでいっぱいの場所を見出した。まだ成就していないにせよ、彼の努力が探究の対象として尽きることのない源を与えてくれたことを喜んだ。

だが彼の当初の好奇心はまだ衰えていなかった。彼は人にはどういう手段があるのかについての知識を獲得しようと決意した。彼の願いはまだ続いていたが、希望は収まっていった。彼は自分を閉じ込める牢獄の壁を測量することはもはやなくなり、その分の労力を譬え見つからないとは分かっていたにせよ隙間を見つけることに注ぎ、常に自分の最初の意図を忘れないように努めた。そして時間に都合がつけばできる限りこの意図を達成することに費やした。

第六章　飛行技術に関する論述のこと

「幸せの谷」に惹かれてやって来て、そこの住民の利便性や娯楽のために働く技術者は、機械エンジンの使用や改造に今まで何回も携わってきたので、機械の力に関する知識に十分に精通していた。水車を回すことによって水を塔へと運び、それを宮殿の各々の住居へと分配した。また庭に棟を建てて、人工の水によって常にその周囲の空気を涼しくしていた。婦人たちに割り当てられていた小さな果樹園の一つは、扇風機がそこを通過していく川の流れによって恒常的に作動し、果樹園を換気した。そして柔らかい音の調べを奏でる楽器が適切な距離で置かれ、その楽器は風が吹くことにより奏でられるものもあれば、水の流れる力によって奏でられるものもあった。

この技術者をラセラスはたまに訪問し、彼はその技術のあらゆる類の知識に感心し、彼が開けた世界に行った時に技術者の獲得した知識と技術全てが自分にとって役立つ時が来るだろうと想像した。彼はその技術者の元にいつも通りの様子で楽しみのために訪れたが、名工は水の上を走る車を作るのに忙しかった。王子はそれが水上に浮かぶのが現実的だと見出し、それに対する大きな尊敬の念を浮かべたことでその車の完成を促した。職人は王子にこれほど高く買われたことに喜び、さらに高い謝礼を得ようと強く思った。職人は言った。「王子、あなたは機械という科学がどれほどのものを達成できるか、まだ少ししかお目にかかっていませんぜ。俺は船や馬車といったクソ遅い乗り物を使う代わりに、翼を使ってさっと早く移動していったほうがいいんじゃねぇかとずっと前から思っておりやした。空を使ってこそ知恵ある者と言うべきでして、馬鹿な奴や怠けた奴だけがわざわざ地面を這って進むんです」

このヒントが王子の山を越えていく望みを再度燃え立たせた。機械職人が既に達成したことを見て、職人はもっと大きなことができるだろうと考えた。だが、その希望が絶望へと変わり落胆して苦しむ前に、王子はさらに職人に尋ね続けた。「だがお前の空想を実現するにはお前の能力では無理なのではないかね。お前はどちらかというと知っていることよりも願っていることを私に喋っている気がするのだがな。全ての動物は自分に与えられた属性というものを持っている。つまり鳥には空があるし、人や獣には大地がある」。「しかしですぜ」と職人は答えた。「魚には水がありますが、獣だって生まれつき泳げるし、人だって頑張って泳げるようになるじゃないですか。人間が泳げると言うんなら、空を飛ぶのだって可能じゃありませんかねぇ？泳ぐってぇのは大きな流れで飛ぶようなもので、飛ぶってのは小さな流れで泳ぐもんです。ただ俺らは通過していく各々の成分の異なった密度に対する抵抗力を適切に調節すりゃあいいんです。空気が気圧から後退するよりも早く衝動の力を変えさえすれば、王子も必ずや空に浮かぶことができやす」

「だが泳ぐという活動は、とても体力を使うものだ」と王子は言った。「最も強い手足を持っている人もすぐに疲れ果てるだろう。私としては空に浮かぶという行為は泳ぐよりもさらに大変なもので、我々が実際に泳げる以上の距離を飛行できない限り翼というのは大して役に立たないのでないかね？」

「地面から浮かんでいく労力というのは、確かに大変なもんです。実際に飼っている自分よりも重い鳥たちを見りゃあわかります。けれど俺らは高く上昇するにつれ、地球の引力と体の重力がどんどん弱くなっていき、やがてもう落っこちる恐れのない部分まで上昇して空に浮かべるようになりやす。そうなったらもう何も注意を払うことはなくなります、前へと向かって飛行する以外はね。そしてそれもわずかな弾みだけで十分です。王子は好奇心がとても旺盛ですので、翼を生やした哲学者のように空を舞いながら自分の下で回っている世界全体とそこに住んでいる奴ら全員を見渡して、更に地球の自転によって同じ緯度の国々が次々に現れるのを見ては喜びを感じることが簡単にできるでしょうな。大地や海、町や砂漠が動いている光景を空に浮かんだ観察者が見ることはそいつにとって大きな喜びでしょう。商店での取引と平野での戦を同じ安全性から眺めることもまたそうだし、あるいは野蛮人どもでいっぱいの山々や、たっぷりとした収穫があって平和な地方もまたどうですかね。そしてあの果てしなく長いナイルの川を辿っていくのもさぞや簡単なことでしょう。遠く離れた場所へと行って、端っこ二つにある自然の様子を見比べるのも大層なことでしょうね」

王子は言った。「お前の言ったことは確かに望んでいることではあるが、そういった平穏で見映えがいい場所では息ができないと思うのだが。私は高く聳える山では息をするのも難しいと聞いたし、そういった崖からなら尚更だ。あまりにもそれは高い場所にあって、そこの薄ぎる空気を何とかかんとか吸えたとしても、すぐに落ちてしまいそうだからな。だから、譬え呼吸ができて生存可能な高さでも、すぐに落ちてしまう危険性があるのだ」

それに技術職人が答えるには、「もしあらゆる邪魔なものをはじめっから一気に乗り越えないとするなら、何も達成できませんぜ。俺のやろうとしていることを許してくださるなら、最初の飛行は俺の身を以て致しましょう。俺は全ての飛行動物の肉体構造を調べあげ、コウモリが翼をずっと折りたたみ続けるのを最も簡単な形で人間の肉体構造へと適応させやした。この適応によって、俺は明日飛んでみたいと思いやす。そしてこの一年で空を高く舞い上がり、人の悪意や追跡の届かないところまで飛びましょう。ですが、この技術は誰にも漏らさないという条件で取り掛かりたいと思いやす。王子としては俺たち以外に翼を作るようなことはしないようお願いしやす」

王子ラセラスは言う。「何でまた、これほどすごい発明を誰にも伝えず独り占めしたいと思うのだ?あらゆる技術は世界のために使われるべきではないのか?どの人間も他の人間に依存しているところが大きく、各々が受け取った親切を払い返すべきと思うのだが」

職人は返答する。「もし人というのがみんな道徳的で立派なものでしたら、世界の皆にすぐにでもこの飛行方法を伝えますよ。でもそうではなくもしも悪い奴らが簡単に空から侵略することができたら、良い奴らの安全はどうなってしまうでしょう?空を飛んでやってくるような軍隊には、壁や山、あるいは海なんて防衛としてなんの役にも立ちやせん。北方の野蛮人の奴らが風に舞って飛び、下に広がる豊かな国の首都をどうにもならぬ激しさで火を放つこともできます。王子たちが隠遁しているこの幸せな場所ですらですよ、南の海の岸に大軍でやってきた裸の族たちに突然襲われることだってあるのです」

王子はこの技術を内密にしておくと約束し、その達成を全く期待しないわけではない様子で待ち望んだ。王子は職人の作業を度々訪れ、その進捗具合を確認し、飛行動作をより容易くし、軽さと強さを結合させるような多数の創意に富んだ工夫に気付いた。技術職人は日が経過するにつれハゲワシや鷹を残しておくべきと確信し、彼の自信は王子の方へも伝染した。

一年で翼が完成し、指定された日の朝に、少し高い岬から職人が飛行する用意をして現れた。彼は空気を集めるために歯車をしばらく回転させ、立っている場所から飛び跳ねたと思ったら、すぐに池の方へと落っこちていった。空中で全く役にたたなかった彼の翼は水中で彼を支え、王子は恐怖と困惑で半分死んだような彼を陸の方へと引きずった。

第七章　王子、学識ある人を発見すること

王子はこの惨事自体にそこまで傷ついたわけではなかったのだが、それはここを抜け出す他の方法が視野になく、世界を見聞きしたいというより幸せなことが成就されないことに苦しんだからに過ぎない。チャンスさえあればこの「幸せの谷」を抜け出すことに固執した。

彼の空想は今やその実現が遮られていた。彼は世界へと立ち入る見込みが思いつかなかった。彼はこの悲運を耐えるように努めたにも拘らず、落胆の気分が彼に襲いかかり、この地方では定期的にある雨の季節が森を逍遥しづらくしたことで、王子の思考力が悲しみとともに鈍くなっていった。

雨は未だかつてないほどに、長い期間激しい状態で降り続いた。雲は周囲の山を取り巻き、雨による急流が平野の四方八方から迸ってきて、洞窟があまりにも狭くなり水を排出することができなくなった。湖はその岸を水で氾濫させ、谷のあらゆる平野は洪水に襲われた。宮殿が建設された高台と、そのほかいくつかの地面の突起部だけが水に覆われず視覚で捉えることができた。大型動物や鳥類の群れは牧草地を去り、野生にしろ飼われているにしろ動物たちは山の方へと逃げていった。

洪水は王子たち全員の谷での娯楽を妨げ、ラセラスの注意は主にイムラックが朗誦し人間の様々な有様を取り扱った詩へと払われた。王子はその詩人イムラックに自分の部屋へと来るように命じて、もう一度先ほどの詩行を朗誦させた。それが終わると打ち解けた会話をし、王子は世界に関してよく精通して、人生の場面をこれほど巧く描いた男を見つけたことを嬉しく思った。王子は彼に対して、他の死を免れない人間たちにとってなら極めて当たり前だが、子供時代から箱入りで育ったがゆえに自分にとっては疎い世間に関する質問を多数浴びせた。詩人は彼の無知を憐れみ、その好奇心に好意を示した。そして毎日目新しさと教えを以て彼を楽しませ、王子はその話を聞くのを中断して寝なければいけないのを残念がり、早く朝になってまた新たな楽しみを味わえるのを待ち望んだ。

彼らが一緒に座っている折、王子はイムラックに対して、自分自身の人生をその話に混ぜることを命じた。そしてイムラックが一体どのような運命の巡り合わせあるいは動機で、自分の人生をこの「幸せの谷」で終えざるを得ないようになったのかを言うようにした。イムラックが自分の身の上話をしようとした時、ラセラスは音楽会へと呼ばれ、そのため自分の好奇心を晩まで抑えなければならなかった。

第八章　イムラックの遍歴話のこと

温帯に属するこの場所は、一日の終わりが気晴らしと娯楽のための唯一の時間であり、そのため音楽が止んだのは深夜を越えたあたりであり、ようやく王子はそこを去って部屋に戻った。そしてラセラスは伴侶人イムラックを呼び、彼の人生について語るように要求した。

イムラックは語った。「王子、私の身の上話はそんなに長くはありません。知識へと捧げられた人生というのは静かに過ぎ去っていくものであり、世の営みによってもその態様が変化を被ることはほとんどありません。公共の場で語り、孤独な場で考えて、読んでは聞き、質問し答えるのが学者という者の仕事です。その者は世界を高慢も恐れもなく彷徨い歩き、自分と同じような人間にしか知られることも評価されることもありません。

私はゴイアマの王国に生まれ、それはナイル川の水源地からはそんなに離れていません。私の父は裕福な商人であり、アフリカの内陸地と紅海の港との間で貿易を営んでいました。彼は誠実で、倹約家で勤勉でしたが、卑俗的な気質で理解力も乏しい者でした。彼は金持ちになることと、さらに自分の富を他者から秘匿することだけを望みました。というのもその地方の役人たちに自分の富を奪われたくなかったからです」

王子は言った。「実に私の父は自分の職務に怠慢だったということになるな。もし自分の治めている土地で誰かが別の誰かから何かを奪い取るようなことがあるのならば。その人は不正を被ったことと同様に、放任したことにも国王に責任があるのを知らないのだろうか。もし私が国王ならば、たとえその国民がどのように身分が賤しくともなんの妨げもなく抑圧されるようなことはさせないのだがな。もし私が、商人が権力の強欲さによって正当に稼いだはずの金を奪われることを恐れるが故にその稼ぎを享受できないという話を聞けば、怒りで血が沸るのだがな。自分の国民から強奪したその役人の名前を言えば、私がその者の罪を国王へと訴えよう」

イムラックは言った。「王子、あなたのその熱意は若さによって動かされた徳の自然な働きと言えましょう。いつかは王子の父を許す時がきて、ひょっとしたら役人の話についても冷静にお聞きになることができるでしょう。職権濫用というのは、アビシニア王国の領域では、決してそう頻繁にあるものでも看過されているものでもありません。しかし、残酷な行為を完全に妨げるような政治形態というのは未だにありません。従属関係というのは、ある片方に権威を設定し、もう片方にはそれに従うということを前提とします。そして権力というのが人の手に渡れば、時にはそれが濫用されることもあるでしょう。国王が警戒すれば、相応にそれを妨げるでしょう。しかしそれでもなお、妨げること叶わない部分もあるのです。彼は犯される罪全てを把握すること叶わず、そして知っている罪も全部捌けることは滅多にございません」

王子は言った。「そのことについて私はよく分からないのだが、議論するよりはとりあえずお前の話を聞こう。続けてくれ」

イムラックは続けた。「私の父は、元々私に対して商売にとって有益だと思われること以外は何も学ぶべきではないと考えていました。そして私の記憶力と理解力が大層優れていることを見出した父は、私がいつかはアビシニアの最も裕福な男になる期待を宣言したものでした」

王子は言った。「お前の父は自分が稼ぎたいと思っている以上の金を稼いでは楽しんでいるのに、なんでまたそこから富を増やしたいと願うのだ？どうもお前の言っていることが真実だと思えない。矛盾した事柄が二つとも正しいというのはあり得ないのだからな」

イムラックは答えた。「矛盾においては二つの要素が双方とも正しいということは確かにありえないのですが、それを人間に当てはめれば両方ともありうることもあるのです。多様というのは決して矛盾ではなく、私の父は商売を止め安全に暮らすことを願ったかもしれませんが、自分の人生を活発にするにはある程度の望みというものが必要で、欲しいものを全て得た父が、今度は空想上のものを欲しがったこともあり得ます」

王子は言った。「確かに、それは私もある程度は理解できる。話を遮ってすまない」イムラックは続けた。「その期待と共に、父は私を学校へと送りました。しかしそこで私が知識を得ることの嬉しさを知り、知性の喜びと創作の満足を味わったら、やがて私は内密ながらも財産というものを軽蔑し始め、私の父の粗野な考えを憐れみ、その期待に背こうと決めました。

頑固な父は、私が二十歳になった暁には商人として世界を巡るという骨の折れる旅に出るようあらかじめ命じておいでだったのですが、それまでに私は多くの教師たちから代わる代わる母国の文学に関する技術を教え込まれました。毎時間私は新しいことを学び、絶えず喜んで人生を過ごしていました。しかし私が大人になるにつれ、以前は教師たちに抱いていた畏怖の念の多くを失ってしまいました。というのも学業が終わってみると、彼らが一般人よりも賢いとも優れているとも思わなかったからです」

「ついに私の父は私に商売を始めさせようと決心し、地下にある金庫を開けて金を一万個数えて取り出しました。『息子よ、この金でお前は商売取引しなければならない。俺はその五分の一も持っていない状態で始めたわけだが、それを勤勉さと倹約によって増やしたのはお前にもわかるだろう。お前に渡す金は、浪費するのも増やすのもお前次第だ。怠慢や気まぐれによって蕩尽するなら、お前が裕福になるには俺が死ぬまで待たなければならなくなる。もし四年以内にその金を倍にできたのなら、お互いの従属関係は取り止めにしよう。そして友人として仲間として今後一緒に生きていくとしよう。というのも富を増やす技術が私と同等な者は立場としても同等なのだからな』と父は私に言いました。私たちは金を駱駝の上におき、安い品物が入った荷物に混ぜて隠し、紅海の岸辺へと渡りました。どこまでも広がっていく水に私が目をやると、私の心はあたかも脱獄囚のようにうきうきしました。私の精神には決して消えることのない好奇心の炎が灯るのを感じ、この機会を使い他の国の風習や、アビシニアでは知られていない知識や技術を学ぼうと決めました。私は父が私の財産を増やすよう命じたのは覚えていましたが、それは履行せねばならぬ約束というよりも私に与えられた自由の報いに過ぎないわけであり、そのため私の中にある大きな欲求を満足させ、また好奇心の渇きを癒すために知識の源泉を飲もうと決意したのです。父とは離れて独りで私が交易するようになっていたので、船長と知り合いになりどこか別の国へと連れて行かせるのは簡単なことでした。あらかじめ旅程を設定してその通りに動くようなつもりは全くなく、私が足を運んだところでは今まで見たことのない国を訪ねるのに十分でした。そして私は父に私の意向を宣言した手紙を残し、インドの港湾都市スーラト[3]へと向かう船に乗りました」

第九章　イムラックの遍歴話が続くこと

「私が最初広がる海の水の世界へと入っていって、土地がもう見えなくなった時、喜びを持った畏怖の念で周囲を見渡して、私の精神がこの果てしない展望を見渡すことによって大きくなっていくのを感じて、周囲を飽きることなくいつまでも見渡し続けると思ってしまいました。しかし間もなく、もう見たものをまた見るだけという不毛な単調さにうんざりするようになりました。それで船内へと降りていき、私の今後の喜びも今みたいな嫌悪と落胆に終わってしまうのではないかとしばらく疑いました。『でも確かに』と私は言いました。『海と陸は全然違う。海の水の光景で変化することがあるとすれば波が静止するか波立つくらいしかないが、陸においては山や谷間もあるし、砂漠や街だってある。異なった風習や対照的な意見を持つ人々が陸に住んでいる。そして自然しかない世界では見られないような人生の多様さをそこで見られるだろう』

私はこう考えて精神を落ち着け、航海の間楽しみました。船乗りから時折私がしたことのない航海術を学んだり、時には今まで訪れたことのない場所で多様な状況での自分の振る舞いを計画したりしました。スーラトに無事到着した時には、私の航海における楽しみは大分失せていました。私は自分の所有する金を安全に保管し、見栄えを整えるために幾つかの日用品を買い、内陸の地方を渡ろうとしている旅団に加わりました。私が加わったその旅団の団員は、どうやら私が裕福だと思い、さらに彼らに尋ねたり驚いたりする様子を見せたことにより、私が世間知らずで新参者として騙すカモだと看做し、詐欺の術を授業代を払わせることにより学ばせてもいいと考えていました。彼らは従僕に私の物品を盗ませるよう仕向けたり、役人に税を強制的に取り立てられたりさせて、虚偽の仮面によって略奪されるのを彼らは見た。それは彼らには何の利益もないことでして、単に彼らが知識の面で優れていることに喜んでいるだけでした」

「ちょっと待て」と王子は言った。「人が誰か他人を本人になんの利益もないのに害するほどに腐敗することなんてあるのか？誰だって優越感を抱けば喜ばしい気持ちになるのはよく分かる。だがお前の無知というのは単にたまたまに過ぎず、お前の罪や愚かさに基づくものではない故に、それでそいつらが自画自賛するような要素はないと思うのだが。そして彼らが持っていてお前が持っていなかったような知識も、そのように裏切りに基づくのではなく警告の形で示しても良かったのではないか」

「高慢さというのはですね」とイムラックは言った。「上品であることは滅多になく、とても卑しい優越感でそれ自身くすぐるのです。そして嫉妬というのは他人の悲惨さと比較して初めて幸福を感じさせるのです。彼らは私を裕福だと考えて悲しい思いをしたから私の敵であり、そして私を弱い人間と看做せたことが嬉しくて私を害したのです」

「続けろ」と王子は言った。「お前が述べている事実は嘘だとは思わぬが、彼らの動機を誤って推測していると思うんだ」

「この旅団と一緒に」とイムラックは言った。「私はヒンドゥスターン[4]の首都アグラへと到着して、そこは偉大なるムガル皇帝が通常住んでおられるところでした。その土地の言語を私は学び、数ヶ月すればその土地の学識ある人たちと会話することができるようになりました。その中には陰気で内向的な人もいれば、気さくで社交的な人もいました。また何人かは自分たちが苦労して学んだものを誰か他人に教えたがりませんでした。何人かは彼らが教授する目的として、教える者としての威厳を獲得することにありました。

若き王子たちの家庭教師として自分を熱心に推薦し、私は皇帝にその土地で豊穣な知識の持ち主として紹介されました。皇帝は私に対して、私の国や旅に関する多数の質問をしました。そして今では彼が通常の人の力を凌駕したような言葉を発した記憶はありませんが、彼は私の知性に驚き、また私の善意に好意を示して私を下がらせました。

私の信頼はとても高いものとなり、私と一緒に旅していた商人たちは、宮廷の貴婦人たちに推薦してくれるように依頼しました。私は彼らの懇願する態度の図々しさに驚き呆れ、彼らの旅路での営みを優しくしながら非難しました。彼らはそれを冷たい無関心で聞き、恥や悲しみの印は何一つ見せませんでした。

すると彼らは賄賂を渡して私に自分たちの要求を叶えさせるようにしました。しかし私が親切心のためにやらないことは、まして金のためにやることもありません。そして彼らの願いを突っぱねました。それは彼らが私を害したからではなく、彼らが他の人たちを害するようなことをさせたくなかったからです。というのも彼らは私の信用を利用して、彼らの商品を購入しようとする人々を騙そうとするのは見えていたからです。

アグラにもうこれ以上学ぶことがないと見て、私はペルシアへと渡りました。そこでは古代の壮麗な遺物を多数見て、生活に便宜をもたらす見たことのない様式を多数観察しました。ペルシア人は社交的な国民性を持っていて、彼らの集いが私に個性や風習、そして多様な形で外面に出る人間性を観察する機会を日常的に与えてくれました。

ペルシアからアラビアへと渡って、遊牧的で好戦的な性格が混ざった国をそこで見ました。彼らには定住する住処がなく、動物の群れしか彼らの資産はありませんでした。そしてそれでも彼らのあらゆる年齢層が代々から伝わるあらゆる戦争を全ての人類と行っていましたが、それでも自分の所有物を増やすのを望んだり、或いは羨むことはありませんでした」

第十章　イムラックの巡歴話の続き。詩に関する論述のこと

「私が訪ねたところはどこも、詩が最も高い学識であると看做されていて、人間が天使的な性質を見る時と同じような畏敬の念を詩にも見ていました。そしてほとんどの国において、古典の詩人が最良の詩人であると看做されていることに私は不思議な気分になります。それは、それ以外の人間の知識は次第に獲得されていくものであるのに対して、詩作は一度に授与されるものだからかもしれませんし、或いはどの国の最初の詩も目新しいものとして人々を驚かせ、もともとは偶然によって与えられた人々の賛意の一致がそのまま引き継がれたからかもしれません。或いはもしかすると、詩の領域は性分や感情を描述するもので、そしてそれはいつも同じようなものですから、最初に創作した者がそれを描写することによって人々に最も大きな衝撃を与えるような対象を取り扱い、そして空想ながらも現実で起こりそうな出来事を題材にして、その詩の後続者にはもう同じような出来事や、同じ表現を目新しく混ぜ合わせることぐらいしか題材として残されていなかったからかもしれません。理由は何であれ、早い時代の創作者が人間の性分を自然に描き、その後続者は人工的に描いているという意見がどこでも見られます。最初の詩人は力強さと創出力に富んでいて、後続者たちは優雅さや洗練さに富んでいる

というのです。

私はその名高い同僚に自分の名前を加えるのを熱心に急いでいました。私はペルシアとアラビアの詩を全部読み、メッカのモスクに下げられている詩の巻を暗記して朗誦できるほどになりました。しかしやがて、どの人も模倣によって巨匠となることはないのを見出しました。卓越した詩人になりたいという私の欲求が、私の注意を人間性そのものと人生に向けるように駆り立てました。人間性が私の詩作の対象であり、実際の人がその聞き手でした。私は実際に見なかったことについて描述することはできませんでした。私が理解できなかった人の関心や意見は、喜びにしろ恐怖にしろそれを変えようとはしませんでした。詩人となろうと決意した今、私は目にするもの全てを別の目的で見るようになりました。私の関心のある領域は突如として拡大しました。見過ごすような知識の類はありませんでした。描写のためのイメージや正確さのために山や砂漠を歩き回り、森の木全てや谷の花全てを頭に浮かばせました。岩のごつごつした部分や宮殿の頂点部を同じ注意で見ました。時折、迷路のような小川に沿って歩き、夏の雲が移り変わっていくのも時折見ました。詩人にとって役に立たないものはありません。美しいものは何であれ、そして恐ろしいものも何であれ、その者の想像力と親しまなければなりません。恐ろしく大きなものや小さく美しいものにも詩人は馴染み深い必要があるのです。庭の植物や森の動物たち、大地の鉱石、空の流星等は詩人の頭脳を同時に満たし、尽きぬ多様性が伴わなければなりません。あらゆる観念は道徳的あるいは宗教的な真理の実施や装飾にとって有益なのです。そしてそれを最もよく知る詩人は、彼の目にする光景を多様化させる力を最も有している存在であり、彼の作品の読み手を非常にさりげない仄めかしや予期せぬ教示により満足させることが誰よりもできるのです」

「私は自然のもたらす表象を全て念入りに考察し、私が調査した全ての地域や国は、私の詩的な能力に対して何かしらの貢献を果たしました」

「それほどまでに広範囲な調査を行おうとしたのなら」と王子は言った。「まだ調査をしていない場所がたくさんあるのだろう。私は今まで周りを山が囲むこの場所で暮らしてきて、それなのに私は外出すれば見たことのないもの、気づいたことのないものに出会わずにはいられないのだから」

イムラックは言った。「詩人の職務というのは、個々の存在ではなく種を吟味することにあります。普遍的な固有性や主な外観に気づくことです。彼はチューリップの筋を数え上げたり、森の草木の陰影を描写するというわけではありません。詩人は自然を描写することにおいてそういった驚くべき、衝撃的な特徴を提示し、原物を読み手に思い起こさせるものです。ある人は覚えているが別の人は気にも留めないような細々とした描写はしないように努める必要があります。というのもそういった細々としたものが当人の用心や不注意等により左右されてしまうことは明らかだからです」

「しかし、自然の知識の獲得は詩人の職務の半分に過ぎません。彼はあらゆる人生の様式に同程度馴染みがなければなりません。詩人の性格があらゆる状態の幸福と悲惨さについて評価し、あらゆる情念のあらゆる組み合わせから発揮される力を考察し、さらに元気に溢れた幼児期から失望し切った老年期までの全ての年齢において人間精神の変遷を辿ることが要求されます。というのも様々な制度や気候や風習などの偶発的な影響により変化を蒙るためです。彼は己を自分の年代や住んでいる国や地域にある偏見から解き放たなければなりません。それらを普遍化し、どのような状況に置かれてもなお正しいか誤りかを検討する必要があります。彼は自分の同時代の法律や意見を無視し、一般的で超越的な常に変わらぬ真理へと飛翔しなければなりません。そのため自分が名声を博する足取りが鈍いことで満足しなければなりません。同時代の人々の賞賛を踏み躙らなければならず、後世の正しい判断に期待するしかありません。彼は自然の解釈者と人類の立法者として詩作しなければならず、未来の人々の考え方や風習にも支配的な影響を及ぼす存在として自分を看做さなければなりません。時間や空間を超越した存在として」

「彼の仕事はそれで終わるわけではありません。彼は多数の言語と科学的知識を知らなければなりません。そして彼の表現方法は彼自身の考えに相応しいものとはなるでしょうが、さらにあらゆる話し方の『美味真髄』や調和の洗練性とも馴染むための絶え間ない実践練習が必要なのです」

第十一章　イムラックの巡礼に関する言及少し含む、遍歴話が続くこと

イムラックは今や熱情で興奮していて、自分の身の上話をさらに大袈裟に話そうとしたが、王子は「もう良い！　要するに人間は絶対に詩人にはなれないことがよくわかった。物語を続けるがいい」と叫んだ。

イムラックは言った。「詩人になることは確かに非常に難しいことでございます」

「余りに難しく、今はもう詩人の創作労働については聞きたくない。お前がペルシアを訪れた後、どこに行ったかを聞かせてくれ」と王子は答えた。

「ペルシアからは」と詩人は言った。「シリアを横断していき、さらにパレスチナに三年間滞在しました。そこで、私は今ではあらゆる力と知識を結集させているヨーロッパの北方諸国と西欧諸国の多数の人々と会話を交わしました。彼らの軍隊に比肩するものはなく、世界の最も隔てた場所でもその軍隊の管轄にあります。私はこれらの人々と私の祖国である王国の国民たちと、さらにパレスチナにいる他の国民たちと比べてみると、まるで西欧、北方ヨーロッパ人たちはほとんど別の種類の人間に思われました。彼らの国々では、望まなければ手に入れられないものは殆どありません。我々が聞いたこともないような無数の技術が彼らの生活上の利便

性と快楽のために絶えず駆使されています。そして彼らの国の気候により本来なら有すること叶わぬことがあったとしても、彼らの行う貿易取引により手に入れられるようになっております」

王子は言った。「一体いかなる手段によって、そのヨーロッパ人たちはそれほどに力強いのか？あるいはなぜに、アジア人たちやアフリカ人たちがヨーロッパ人たちの海岸に攻め込み、その港湾に自国の移民を植民させ、彼らの血縁を引く王族たちに法を敷かないのか？というのも、ヨーロッパ人たちの方は最も簡単にアジアやアフリカを交易や征服のために実際に訪れることができるのだからな。彼らを自国に帰らせるのと同じ風が我々をそこへと運ばせることもできるはずだが」

「ヨーロッパ人たちは我々よりも強いのですよ、王子」とイムラックは答えた。「というのも彼らの方が賢いのですから。知識は常に無知を圧倒するものです。ちょうど人間が動物たちを治めるように。しかしなぜ彼らの知識が我々のよりも多く優れているのか、その理由は私には分かりかねますが、決して我々には知ること叶わない、神なる者の意志でしょう」

「いつ」と、王子はため息をつきながら言った。「私はパレスチナを訪ねることができ、多数の強力な国民の集まりに加わることができるようになるのだろうか。そのような幸福な瞬間が来るまでは、お前が私に抱かせる想像で時間を費やすとしよう。私はそのような場所で多数の集まりができる理由が分からないわけではないのであり、それは各々の諸国の最良で最も知性の高い人が常に赴くような叡智と敬虔の中心地だとせざるを得ないわけだ」

イムラックは言った。「パレスチナに少数の訪問者を送り込む国がいくつかございます。というのもヨーロッパでは多数の学識ある派閥が巡礼というものを迷信的であると非難したり、滑稽なものと嘲笑することで一致していますので」

「お前は私が多様な意見に慣れ親しむことがどれだけ私の人生ではできなかったかを知っておろう。双方の側の主張を最後まで聞くにはあまりに長い時間を要することとなる。そしてお前はそれらを両方とも吟味したわけだから、その結論を教えてくれ」

「巡礼というのはですね」とイムラックは言った。「信仰からくる他の多数の行動と同様に、合理的なこともあれば迷信的なこともあります。それはどのような原理に基づいて実行されているかに拠ります。真実の追求のために長い旅路が行われることが命じられることはありません。人生を規定するために必要な真実は、単純に探した場所で見出せるものと相場は決まっております。場所を変えたからといって信仰心が必然的に増すといったことはないのです。というのもそれは精神の注意を不可避的に散逸させる効果をもたらすからです。なのに、人というのは大きな意味合いや規模を持つ行動がとられた場所を毎日見に出かけ、その出来事をより脳裏に印象付けて帰ってきて、同じような好奇心が自然とその人間の信じる宗教が初めて生じた地をその目で見たいと思わせるのかもしれません。そしてその始まりの地を何かしらの神聖なる決意を確立させることなく見渡す人はいないでしょう。信仰する神がある場所よりも別の場所の方がより簡単に機嫌を取れると思うことは怠惰な迷信を持つものが抱きそうな目標です。しかし幾つかの場所は我々の精神に尋常でない仕方で働きかけることもある、という意見は常日頃の経験を鑑みれば理にかなっていると考えて良いでしょう。自分の悪徳をパレスチナの方がより簡単に克服できると考えている者は、自分が誤りであることに気づくかもしれませんが、それでもその場所へと赴くことは愚かな行為であるとは必ずしも限りません。パレスチナへと行けば自分の罪が簡単に免除されると考えている者は、自分の理性と宗教を同時に辱めていると言えるでしょう」

「お前の言っていることは、ヨーロッパ的な考え方だ」と王子は言った。「それについてはまた今度改めて考えてみるとしよう。得た知識が結局どのような結果をもたらしたのだ?それらの国々の国民は我々より幸福なのか?」

「世界にはあまりに多くの不幸がございまして」と詩人は言った。「他の人々の幸福と自分のものとを比較するほどに困窮から免れて暇のある人はほとんどおりません。知識というのは喜びの手段の一つでは確かにあります。どの人の精神も自分の観念を増やしたいということが自然な欲望によって明らかですからね。無知というのは単なる剥奪状態で、ただそこから何も産み出すことができないわけです。それは空虚なもので、魂がそこに何か注意を向けるのをじっと怠惰に座って待ち望んでいるのです。そしてなぜか分からぬままに、我々は学習するときに常に喜びを覚え、忘れると悲しみを覚えるのです。そのため、私としては学習による自然的な効果についてなんら反作用がないのなら、我々の精神はその認識範囲が広がれば広がるほどにより幸せになっていくと結論づけたいと思います。生活における特定の快適さを数え上げていけば、ヨーロッパの国民たちの方がより幸福であるための利点を多数有していると看做せるでしょう。我々が困憊して亡くなるような傷や病にヨーロッパでは治療を施すことができます。ヨーロッパ人なら身を安全にできる天候や気候の厳しさも我々はできず苦しみます。彼らは多数の骨折れる労働をさっさと片付けるための機械を持っているのに対して、我々は自分の四肢による勤勉さで行っていかなければなりません。離れた場所で通信し、ある友人が別の友人から不在になることがほとんどできないとも聞きます。彼らの政治制度が公の不便さを取り除きます。山を掘って道路を開拓し、橋も川の上に架かっています。そして個々人の生活においても、彼らの住まいはもっと便利になり、所有物はもっと安全なものとなるでしょう」

「確かにそいつらは幸せだろうな」と王子は言った。「それほどまでの利便性がその国にあるのだから。特に離れ離れになっている友人たちと自分の意見を交換できる便利さは私は羨ましいと思う」

イムラックは言った。「ヨーロッパ人たちは我々よりも不幸ではないですが、かといって幸福であるというわけでもありません。人生なるものはどこでも耐え忍ぶことが多く、楽しめることが少ないという代物であります」

第十二章　イムラックの身の上話が続くこと

「しかしそれでもだ」王子は言った。「幸福が死を免れない人間にけちな風に少ししか分け与えられていないとは思えない。そして私に『人生の選択』というのがあれば、私は毎日を喜びで過ごすことができるはずなのだが。私は誰も傷つけることなく、そして誰も怒らせるようにはしない。私はあらゆる苦悩から解放され、感謝への祝福を享受するだろう。私は自分の友として賢い者から選択し、妻も徳のある女から娶りたい。そのため裏切りや不親切というものから危害を被る恐れはない。私の子供は私の世話の下、学を得て敬虔な者として育て上げる。そして彼らが少年時代に受け取った恩を私が老年の時に払い戻すのだ。自分の与えた恵みによって自分が豊かになり、自分の力によって助けられた人々に囲まれれば一体そのどこに苦労などというものがあるというのか？そして保護と敬意が柔和に混じった人生ならば、なぜすぐに去っていかないことがあるのだろうか？こういったことはヨーロッパ的な洗練さの助けなしで可能かもしれないだろう。そのような洗練さはどうもその実際の影響から判断して、有益というより上辺だけのものに思えるからな。ではこれはこの辺にしておいて、話の続きを聞こう」

「パレスチナからは」とイムラックは言った。「アジアの多数の地域を横断しました。より文明化された王国では商人として、山々の野蛮人たちのもとでは巡礼者として。ついに私は自分の祖国が懐かしく思い始め、私が幼少期を過ごしたその土地で旅の終わりとして疲労から身を休めたいと思いました。そして私の古き友人たちに私の旅路の話を聞かせることにより楽しませようと思いました。人生の曙の楽しい時間において一緒に戯れ楽しんだ彼らが、今度は黄昏の時期に私の周りに座り、私の遍歴話に感嘆し私のアドバイスに耳を傾ける様子をよく思い浮かべたものです。

この考えが私の頭を占めたら、アビシニアへと帰還することに関係ない時間は全部無駄なものだと看做しました。私はエジプトへと急ぎましたが、早く戻りたくていてもたってもいられなかったにも拘らず、そこにあったピラミッドという古代の威容に見惚れて、さらに古代の学問知識を研究してしまい、十ヶ月ほど結局そこにいてしまいました。私はカイロではあらゆる国籍の人がごちゃ混ぜにいるのを見ました。ある人々は知的な欲求からそこにいましたし、ある人は金銭を稼ぐためにいました。また多数の人は他人から観察されることなく自分らしいやり方で生活し、群衆から隠れて目立たずに生きていくことを望んでいました。カイロのように人口密度の高い場所では、社会の恩恵と孤独の内密さを同時に味わえるものなのです。

カイロから私はスエズへと赴き、紅海で乗船しました。そして海岸沿いに進み、ついに二十年前に旅立った港へと到着しました。ここで私はキャラバンに加わり、祖国に再び入国しました。

私は親類たちの愛撫と友人たちの祝言を期待し、私の父も譬えどれほど富に価値をおいているとしても、祖国の幸福と名誉をさらに高めることができた自分の息子を喜び、誇りに思うだろうということも期待しないではありませんでした。しかし私のこういった期待も失望へと間もなく変わっていきました。私の父は十四年前に死去し、自分の財産を私の兄弟たちに分与しており、その兄弟たちも別の地域へと引っ越していました。私の同胞たちも大部分の人々はすでに墓の下に眠っていて、まだ生きていた人たちも私のことをほとんど覚えておらず、何人かは私が外国の風習により堕落したものと看做しました」

「有為転変に慣れている人は簡単には気落ちしません。しばらくしたら私は自分の落胆も忘れ、自国の身分の高い人たちへと自己推薦しました。彼らは食卓へと私をつかせ、私の身の上話を聞き、そのまま私を立ち去らせました。私は学校を開きましたが、教えることは禁じられました。そうしたら私は家庭の静かな生活で身を落ち着けたいと思い、私との会話を気に入っている女性に求愛しましたが、私の父が商人だということでそれを拒絶しました」

「懇願しては追い払われることについに疲れた私は、世界から完全に隠遁することに決め、他人の意見や気まぐれにこれ以上依存しないことを決心しました。私は『幸せの谷』の門が開く時期を待ち、希望と恐れに永久に別れを告げられるだろうと思いました。そしてその日がやってきました。私の行動は意図した通りにうまくいき、永遠に囚われることを喜びながら隠居しました」

「それでついにここで幸福を見出しのか?」とラセラスは言った。「忌憚なく教えてくれ。お前は今の自分の状況に満足しているのか?それともまたここから出て、外を歩き回り色々尋ねて調べてみたいと思っているのか?ここの谷の住民は皆、自分の運命を祝い、国王が毎年ここを訪問するとき自分たちの幸福を一緒に分かち合うために他の人々も招き寄せるのだが」

「偉大なる王子よ」とイムラックは言った。「真実を話したいと思います。あなたと同じくこの谷に住む人間で隠遁の地としてこの谷に入った瞬間を嘆かない者はおりません。私に関して言えば、他の人たちよりはまだ幸福です。というのも私には色々な映像で頭が満たされて、それらの模様を変えたり組み合わせたりして喜びを見出すことができるからです。記憶からは消えかかってはいますが、私は記憶上の知識を組み替えたり、私の過去にあった出来事を思い起こしたりして自分の孤独を慰めることができます。しかしながらこういったことも、私が旅で獲得したことは今や無意味で、私の以前の喜びをもう一度味わうことができないということで最終的には悲しい想いになってしまいます。そして今その瞬間以外に何も印象を持っていない精神の持ち主は、悪意のある情念により侵食されているか、常に空虚さの中で憂鬱な顔でぽーっと座っているだけです」

「自分に競争相手がない者にいかなる情念が害を与えることがあるのか」と王子は言った。

「我々は今悪意など跳ね除けてしまうような無気力な生活を送り、そういった嫉妬を抑圧するような娯楽に満ちた共同体の場所にいるのだから」

イムラックは言った。「確かに物質的には満ち足りた共同体はありましょうが、愛や尊敬でいっぱいの共同体なぞあり得ません。ある人が別のある人よりも人から好かれることは必然です。自分が軽蔑されていると知った人は嫉妬に常に取り憑かれることでしょう。他の人たちを惨めな思いにさせたいと駆り立てる者は、絶望的な惨めさによる先天的な悪意に起因する者です。彼らは自分自身と互いに困憊していて、新しい交際仲間との付き合いにおいて幸福を見出したいと願います。彼らは自分の愚かさ故に奪われた自由を羨み、人類全てが自分たちのように囚われの身になるのを是非見たいと思っております。とはいえそういった罪からは、私は完全に自由ではありません。どの人も私の抱いている今の信念が原因で自分が惨めな状態にあるとは言いますまい。毎年自分がこの場所で囚われの身になることを懇願する多くの人々を私は憐れみますし、彼らの願いがもたらす危険について私が警告することが許されるならと願うばかりです」

「親愛なるイムラックよ」と王子は言った。「私の心を奥底までお前に開くとしよう。私は長い間この『幸せの谷』から脱出することを考え続けた。山をあらゆる側面から吟味したが、どう足掻いても私はそれを乗り越えられないことを知るだけであった。この牢獄を壊す方法を教えてくれ。お前が私の脱出の同伴者となり、私の行く手の導きとなり、私と運命を共にし、『人生の選択』においてただ一人の監督者となるのだ」

「王子」と詩人は答えた。「あなたの脱出は難しいでしょうし、もしかするとあなたは自分の好奇心に後悔なさることでしょう。あなたは世界をこの谷の湖のようになだらかで静かなものだと思っておられるようですが、実際にはそれは嵐により泡立つ海であり、渦巻いて沸騰しているようなものです。時には暴力的な波によりかっ攫われることもあるでしょうし、裏切りの岩石にぶっ叩かれることもありましょう。誤謬と欺瞞、競争と不安、こういったものが跋扈する世界では、あなたはこの場所のような静かな場所で身を落ち着けることを何度も願い、恐怖から解放されるためにもう世界を見る願いを持つことはなくなりましょう」

「私の目的を果たすことから私を引き止めないでくれ」と王子は言った。「私はお前が見たものを見たくてうずうずしているのだ。そしてどうやらお前はこの谷にうんざりしているようだから、今お前が置かれている状況よりも以前の方がましだったのは明らかだ。私が世界で体験することでどんな結果がもたらされるかは知らんが、人間の様々な状態についてこの目で判断したいと強く思っており、そこから私の『人生の選択』を自分の意思で慎重に決めていきたいと思う」

イムラックは言った。「残念ながら、私の説得よりも乗り越えねばならない障害があります。しかしそれでも決心が固まったのであるならば、あなたを絶望させるようなことは言いません。勤勉と能力とを打ち破れないことはほとんどないのですから」

第十三章　ラセラス、脱出方法を発見すること

王子は今、お気に入りのその人物を休ませるために立ち去らせたが、彼の驚きと新鮮さいっぱいの遍歴話が、王子の精神を掻き乱した。彼は今しがた聞いた内容を何度も吟味し、翌朝のために数え切れぬほどの質問を用意した。

彼が抱いていた多くの不安は今や取り除かれた。彼には自分の考えを伝えられる友人がいて、さらに彼の経験が王子の計画の助けともなったのだ。彼の心はもはや沈黙しつつ当惑して波立たされるようなことは無くなった。彼はこの『幸せの谷』ですら、このような同伴者がいれば耐えられるものと思い、そして一緒に世界を歩き回ることができたならもうこれ以上望むことはないと考えた。

数日すると、水は排出され地面は乾いた。王子とイムラックは他の誰にも気付かれずに一緒に外を散歩し、会話を交わした。いつも翼による飛行を脱出方法として頭に思い描いていた王子は門の前を通り過ぎると、「なぜにお前はそれほど強く、そしてなぜに人はそれほど弱いのか」と悲しみの表情を浮かべながら述べた。

「人というものは弱くはありません」と王子の同伴者は言った。「知識は強さと同等以上のも

のです。機械の巨匠たちは強さというものを笑い飛ばします。私は門を爆破させはできますが、誰にも気付かれぬように、とはいきません。他の手段で行われる必要があるでしょう」

彼らが山の側面を歩いていた時、雨により巣穴から駆り出されたうさぎたちが藪の中で身を隠し、自分たちの後ろに穴を作り斜め上の方へと掘られているのを見た。

「古代から主張がありまして」とイムラックは言った。「人間の理性というのは動物の本能に負っている部分が大きいとされております。ゆえに、兎から学んだからといって身を卑しめるようなことはやめておきましょう。我々は山を貫通する形で兎のその穴と同じ方角に掘ることによって脱出することもできましょう。山の頂上部が真ん中部分に垂れている箇所から始め、そこから上側へと穴を掘っていき、その突出部の向こう側へと出られるまで掘るとしましょう」

この提案を聞いた時、王子の目は喜びで輝いた。それを実行するのは簡単であり、間違いなく成功できるであろう。

無駄にしている時間はなかった。彼等は朝早くから穴を掘っていくのに適切な箇所を選ぶために急いだ。ゴツゴツした岩や棘のある低木を非常に骨折りながら登っていったが、自分たちの計画に都合の良い箇所は見つからぬままに戻らなければならなかった。二日目と三日目も同じように経過していったが、結構同じく苛立つ思いを抱えるだけであった。しかし四日目には、藪によって隠された小さい洞穴を見つけ、そこで計画を試してみようと決意した。

イムラックは石を切り、土を除去するために適切な道具を調達し、言葉では表せないほどの熱烈さで翌日作業に勤しんだ。彼等は自分たちの努力によって疲れ果てて、草の上で息を喘ぐために座った。王子はちょっとの間、落胆したような様子をした。同伴者は言った。「王子、習慣により我々はこの労働をより長い期間行えるようになりましょう。どのくらい掘り進んだかの印を残してください。そうすればいつかは我々の骨折りにも終わりが来ることがわかるでしょうから。偉業というのは力強さよりもむしろ忍耐強さにより遂行されるものです。あの大きな宮殿も石が一個一個積まれていくことにより築き上げられたのであり、それでもなおあの高さと広大さを見てください。毎日三時間熱心に歩く者は、七年もすれば地球を一周するのと同じくらいの距離になるでしょう」

彼らは来る日も来る日も仕事に当たり、そして短い期間の内に、わずかな障害を除去するだけで遠くまでいける岩の裂け目を見つけた。ラセラスはそれを良き予兆とみなした。

「どうか」とイムラックは言った。「理性が要求すること以外の希望と恐れで気を逸らさないでください。もし善きことの予兆によって喜ぶのなら、同じ具合に悪い印により怯えるでしょう。そしてあなたの人生全体は恐怖でいっぱいになることでしょう。我々の労働を促進するものは単に予兆によってではなく、成功の原因です。これこそが決意をしばしば実行させるための喜ばしい驚きのうちの一つです。計画では難しいと思われることも、実行することが簡単だとわかることが多々あります」

第十四章　ラセラスとイムラック、予期せぬ訪ねを受けること

彼らは掘る作業が半分くらい完了し、自由を勝ち取ることができそうだと思うことによって、骨の折れる労働を慰めた。その時王子は穴を降りて外の空気を味わおうとしたが、洞窟の前に自分の姉妹であるネカヤが立っているのを認めた。王子は驚き当惑したまま立っていたが、自分のやろうとしていることを伝えたくはなく、かといって今の状態だとても隠し通せるものではなかった。彼女の自分への忠誠を当てにしようと少し考えた王子は、彼女に事の事情を包み隠さずに打ち明けて秘密を守らせる他に方法はないと決心した。

王女は言った。「私がここにスパイとして来たとは思わないでください。私は自分の部屋の窓から、王子がイムラックと一緒に毎日同じ場所へと歩いていくのを長い間見ていましたが、それは単に冷えた影や香りのいい岸辺で身を憩わせるくらいのものだと思っておりました。そして私が王子の後をつけてきたのも、単にあなたがたの会話に加わりたかったからに過ぎません。そのため、あなたをこうして見つけたのも疑いではなく好意によるものですが、こうしてあなたが実際にやっていることを発見したことの恩恵を無駄にしてくださいますな。私はあなた同様にここに閉じ込められていることにうんざりしていて、同様に世界で何が行われ、どの

ような苦しみがあるのかについても同じくらい知りたいと思っています。この面白みのない平穏さから一緒に脱出することを是非お許しください。そう、それを許してくださらないならば、私はこの場所をさらに大嫌いになることでしょう。王子は私を同伴者として加えることを拒否するかもしれませんが、追跡していくことを邪魔することはできないでしょう」

王子はネカヤを他の姉妹たちよりも愛していたので、彼女の要求を拒絶しようとは全く思っておらず、むしろ自分から自分の計画を伝える信用を彼女に見せなかったことを悔やんだ。そのため王女が彼らと一緒に谷を抜け出すことに同意した。そして王子たちが掘っている間、王女は誰か他の徘徊者が偶然にしろ好奇心にしろ、自分たちの山の方へと歩いていくのを追跡しないように見張った。

やがて彼らの労働は終わりを迎えた。山の突出部の向こう側に光が差し込むのが見え、山の頂上部に出ることによってまだ小さい流れとはいえ自分たちの下で流れていくナイル川が眺望された。

王子は恍惚として当たりを見渡し、旅路のあらゆる喜びを予期し、その考えは父の治める領域のすでに外側へと向けられていた。イムラックは自分の脱出に関してはとても喜んでいたが、世界の喜びに関しては王子ほどの期待はなかった。というのももうすでにそれを試みて、うんざりしていたからである。

ラセラスはさらに広がっていく地平線を見てとても喜んでいて、すぐに谷の方へと戻ることはできなかった。王子は王女に通路はついに開拓され、もはや出発の準備以外にすることは残っていないということを述べた。

第十五章　王子と王女が谷を去り、多数の驚きを見ること

王子と王女は商売の場所へと入っていった時にいつでも富を持っているように十分なだけの宝石をイムラックの指示の下、服の中に隠し持った。そして次の満月の夜に三人とも谷を去ったのであった。王女はたった一人の、自分がこれからどこに行こうとしているのかわからないお気に入りのみを引き連れた。

彼らは洞窟をよじ登っていき、向こう側を今度は降りていった。王女と女召使はあらゆる方面へと目をやったが、当たりは真っ暗で何も見えなかったから、自分たちはこの恐ろしく虚な場所で迷子になっているのではないかと危機を感じた。彼らは立ち止まり震え上がった。

「私は終わりの見えない旅を始め、あらゆる方角から私が知らないような人がやってくるような大きな平野へと足を踏み入れていくことが怖いです」と王女は言った。

王子もまた同じような気持ちにあったが、そういった気持ちを隠しておく方が勇気ある者として相応しいと考えていた。

イムラックは彼らの怯えに微笑み、進むようにと彼らを促した。しかし王女は自分でも知らぬうちに引き返すにはもう無理なほどに進んでいくまでは踏ん切りがつかない状態だった。

翌朝彼らは平野に羊飼いたちを見つけた。そして羊飼いたちは自分たちに牛乳や果実を差し出した。王女は自分を歓待する宮殿がなく、机にも美味な料理が用意されていないのを見て驚いた。しかし意識がぼんやりとしていてお腹も空いていたので、王女は牛乳を飲み果実を食べ、それらを谷で提供されるものよりも美味しいものと思った。

彼らは面倒や困難さには不慣れだったため、無理のないやり方で旅を進めていった。そして谷の方では自分たちがいなくなったことが気付かれたかもしれないが、追跡されることはないと考えていた。数日後、彼らはもっと人気の多い地域へとやってきて、その場所における多様な風習や場所、そして仕事を王子たちが見ることによって示した驚きの念をイムラックは見てこれらを楽しんだ。

王子たちは自分たちの服装で王族という身分を十分に隠せると思ってはいたものの、それでも王子は自分たちが行ったところでは人々が自分に従うものと期待していた。そして王女は自分たちの面前に来る人々が跪くようなことがなかったために怯えた。イムラックは彼らを細心の注意を以て見張る必要があった。というのも彼らがここで場違い的な態度を取ることにより、自分たちの身分を暴露してしまうかも知れなかったからである。そのためにイムラックは最初に訪れた村で一般的な人々の光景に慣らすために、彼らを数週間引きとどめたのであった。

次第に王族の逍遥者たちは、自分たちがしばらく自分たちの王位の身分を横に置き、一般の人たちが得られるだけの寛容さと丁重さだけを期待する必要があることを学んだ。そしてイムラックは彼らを港の喧騒や商売人の荒くれ者のような性格に耐えさせるために彼らに多数の勧告を前もって行いつつ、海岸へと引き連れて行った。

王子と王女は、何もかもが彼らに目新しくどの場所に行っても満足を覚えた。そして港より先に行こうともせず数ヶ月過ごした。イムラックは彼らの逗留に同意した。というのも彼らを外国の危険に何の前経験もなしに連れていくのは安全ではないと考えたからであった。

ついに彼らは自分たちの身分が露見することを恐れ始め、出発の日を決めることを提案した。王子と王女は自分たちで判断しようとは思わず、実際の行動全体はイムラックの指示に委ねることとした。彼はスエズへと航海する船を選んだ。乗船する日がくると、王女は船に乗るのに大分苦労した。航海は早く、なんの問題もなく終わり、そしてスエズで下船したら陸を渡ってカイロへと進んでいった。

第十六章　一行カイロに入り、全ての人が幸せであるのを見出すこと

一行が市内へと近づき、不慣れな王子たちが驚きでいっぱいになるにつれイムラックは王子に述べた。「この街が世界のあらゆる場所から旅行者と商人が集う場所です。ここであなたはあらゆる性格、そしてあらゆる職業を見出すでしょう。商売をすることはここでは歓迎されています。私は商人を演じるので、あなた方は好奇心を満たすこと以外何の目的もない余所者として暮らす者を演じるといいでしょう。まもなく我々が裕福な者たちであることは理解されるでしょう。そして我々の評判も広まり、我々が知りたいと願っている人全てにお近づきになることが許されるでしょう。そしてあらゆる人間性全体を見ることとなり、ゆっくりと時間をかけて『人生の選択』を熟慮するとよろしいでしょう」

彼らは街へと入り、喧騒に驚き、歩みを止めて、群衆に跳ね除けられた。イムラックの教えもまだ王子たちの習慣をなくすには至らず、彼らは通りを誰にも注目されることなく歩いていくのに驚き、もっとも位の卑しい人にも敬意を払われたり配慮されることもなく会ったりしていた。このような卑賤な人たちと同等な立場にあるのを王女は我慢ならなかった。そして数日間、王女は自分の寝室に引きこもり、「幸せの谷」にいたとき同様、自分のお気に入りの女召

使ペクアによって給侍された。

商売取引というものを理解していたイムラックは、翌日に宝石の一部を売り払い、その金で馬を借り入れた。その馬はあまりに堂々たる装飾を施されていたので、その馬の貸主の商人を大富豪であるとすぐに看做したのだ。彼の丁重さは多数の友好関係を築くのに役立ち、彼の寛大さは何人もの取り巻きたちをひきつけた。彼に同席する者はあらゆる国籍の人たちでいっぱいであり、全員が彼の知識に感嘆し、彼の贔屓となることを懇請した。イムラックの同伴者たちはその会話に交ざることができなかった故に、彼らがいかに無知で驚いているのかを洞察することができなかった。そしてその街の言語を獲得していくにつれ世界のことを知り始めるようになった。

教えを頻繁に受けた王子は、金銭の使用とその本質を教えられた。しかし王女とその寵臣は金や銀の小さな硬貨によって商人が何をしていたのか、あるいはこれほど小さいものがどうして人生において必要なものと見なされているのか長い間理解することができなかった。

彼らはその国の言語を二年間学び、その間イムラックは彼らに多種多様な身分や状態にある人たちに出会えるように準備を整えていた。イムラックは人生の行状や振る舞いにおいて何かしら普通ではない人たちと知り合うようになった。イムラックは貪欲な人や質素な人、怠け者や齷齪働いている者、商売人や教養ある者と頻繁に交際した。

王子は今や雄弁にその国の言語を話せるようになり、見知らぬ人たちと交わる時に必要な警戒心を払う術を学んだことにより、大勢の人たちが集まる場所へとイムラックと共に尋ね始め、その集い全てに入り、そこで「人生の選択」の判断ができるのではないかと思った。

　時折、王子はそのような選択は不要なものだと思った。というのもどこの集いも皆一様に幸福に彼には見えたからであった。王子が行くところはどこも陽気さや親切さがあり、喜びの歌や或いは気兼ねすることのない笑いが聞こえてきたからであった。王子は、世界はあらゆる所が豊かさでいっぱいであり、得られないものや価値のないものなんてないと信じ始めた。自分に差し出されるあらゆる手は寛大さを注いでくれ、どの人の心も善意と融和しているとも信じた。「ならば一体誰が」と王子は言った。「惨めな思いをして苦しんでいるというのか」

　イムラックはその感じよき幻影を大目に見て、無経験ゆえの希望を壊したくはなかった。しかしある日、王子がしばし無言のまま座っていた。そして言った。「私がどうして私の友人たちの誰よりも不幸にあるのか、その理由が理解できない。私は友人たちがいつも変わることなく陽気に見えるのだが、私は逆に落ち着かず不安な状態にある。私が望んでいると思うような喜びにどうも満足できない。私は陽気な人でいっぱいの状態で生活しているのだが、それはどちらかというと交際を楽しむというより自分自身を避けるためであり、私が騒いだり陽気なのも、実際は悲しいのを周りに悟られないようにするために過ぎない」

　イムラックは言った。「どの人も、自分の心の中を考察してみれば他の人たちの心もどういう状態にあるのか推測することができるでしょう。もし王子の陽気さというものが偽りのものに過ぎないと感じられるならば、そのまま王子の交際仲間たちもその感情が真実のものではないと推論するのももっともなことでしょう。羨望というものは大抵の場合相互的なものです。我々は我々が幸福を見つけることは不可能であることを確信するのに随分と時間を要します。そして各々が他の人たちは幸福を所有していると信じ込み、自分自身も幸福を得られるだろうという望みを捨て切ろうとはしないのです。王子が参加した昨夜の集いでも、雰囲気がとても陽気で軽快であり、世の中よりも一段と清く優れた場所で不安や悲しみなど入り込まないような麗らかな場所に思えたでしょうが、それでも王子、私は確信しております。あの中で孤独になり自分自身に内省するという暴君による圧政じみた状態になってしまう瞬間を恐れなかった者は一人もいないのです」

「それは」と王子は言った。「他の人たちにとっては真実なのだろう。私にとっても真実なのだからな。だが人間の普遍的な不幸が一体何であれ、ある状態は他のもう片方の状態よりは幸福なのであり、叡智が『人生の選択』において最も悪の少ないものへと導いてくれるのは間違い無いだろう」

「善と悪の原因はですよ」とイムラックは答えた。「様々な形を有していて不確実なものであり、また両方とも互いに縺れ合っていることが頻繁にあります。そして善と悪の関係性も多様なため色々な形を呈します。更にとても予期できないような偶然的な事故に依るところが大きいため、自分の人生を常に理性の好みに応じた状態に確実にするためには、死ぬまで常に考察と熟慮をしながら生きることが欠かせないのです」

王子は言った。「だが我々が敬意と驚きを払う賢い人々は、自分を最も幸福にするような人生の種類を選択したはずだ」

「自分の人生を選択する人はごくわずかです」と詩人は言った。「全ての人間は現在置かれている状況を自分が予想しなかった原因の働きによってもたらされているのであり、それは大抵当人にとって進んで置かれたいようなものではありません。そのため、自分の隣人の置かれている境遇を自分のものよりも優れていると思わない人に出会うことは滅多にないでしょう」

「私の出生が少なくとも私に一個の利点をもたらしたと考えればまだ喜べるな」と王子は言った。「というのも私は自分の境遇を自分自身で決定することができるのだからな。今私の面前に世界が広がっている。それを今後じっくりと検討していこう。幸福はどこかに見つかるはずだ」

第十七章　王子、快活で陽気な若い人々と交わること

ラセラスは翌日起きて、いよいよ人生についての実験を開始することを決意した。「若さというのは」と彼は言った。「喜びの年代と言えよう。私は自分の望みを叶えることだけを目指し、その人生の時間を娯楽の連続に費やしている若い人々に加わろう」

そういった仲間内に加わるのを彼は快く許されたが、数日するうちに王子はうんざりさと嫌悪を抱きながら帰ってきた。彼らの喜びは何か具体的な対象があるわけではなく、笑う時も何か動機に基づくのでもなかった。彼らの快楽は粗野で性的なものに依り、何か精神的なものについては何ら関与しないものだった。彼らの振る舞いは興奮気味であると同時に卑しかった。彼らは秩序と法律をあざけり笑ったが、その割には権力を持つ者がしかめっ面をすれば怖気づき、知性あるものから眼差しが向けられれば彼らは決まり悪い気分になった。

王子はやがて、自分が羞恥を抱くような人生の過ごし方では絶対に幸福になれないと結論づけた。理性ある存在にとっては、計画なしに行動することや、偶然に翻弄されながら悲しくなったり陽気になったりするのは相応しくないと考えた。「幸福というものは」と王子は言った。「何かしらしっかりした恒久的なものであり、恐れと不確実さとは無縁のもののはずなの

だが」

しかし王子の若き交際者たちは彼らの素直さと寛大さにより王子の注目を大いに引いたことから、彼らに対して忠告や訓戒をせずに彼らと別れることはできなかった。「友人たち」と王子は言った。「私は私たちの振る舞いや将来の展望について真剣に考えたのだが、私たちの抱いていた興味の対象はどうも見誤っていたというのがわかった。人生の最初期において最終期間のために蓄えをしておく必要がある。考えない者は賢くなることはない。常に軽薄でいることは無知に必ずや終わる。そして好き放題酒に溺れることは、確かに一時間ほどは精神に陽気に火をつけるだろうが、人生を短くし惨めにもするだろう。若さというのは決して長く続くものではないことを念頭に入れ、より成熟した年齢において空想の魅了がもはや無くなり、喜びの幻影が我々と一緒に踊ることがなくなったならば、賢い人間として尊敬され、善きことを行うことによってでしか自らを慰めることができなくなる。だからここで馬鹿げたことは止めるとしよう。というのも止めることは我らの力で可能なのだから。いつかは年老いていく人として人生を送り、自分の過去の日々を愚かな行動でしか思い出せなかったり、以前持っていた自分の健康という贅沢を放縦な振る舞いがもたらした病によってしか思い起こせなくさせるような害悪を厭う人になろうではないか」

王子がこう言い終わると、彼らは互いにしばらく黙ったまま見つめ合った。そしてついに終わることのない哄笑が一斉に湧き起こり、王子は身を引いて行ってしまった。

自分の感性が正しく、自分の言葉を述べた動機も親切によるものだという自覚も、嘲笑の恐怖に対して身を耐えるにはとても無理だった。しかし王子は心の平静を取り戻し、自分の探求を続けていった。

第十八章　王子、賢く幸福な男を見つけること

　ある日、王子が通りを歩いていたとき、ある広々とした建物のドアが開きっぱなしなのを見て、そこが誰にでも入場できるものと判断した。人々の列についていき、その建物が演説のための学校か講堂であるのがわかった。そこでは教授たちが聴講者たちに対して教訓を垂れていたのだった。彼は他の人たちから身を立ち上げた賢者に目をやり、その者は情念の統治に関することに大きな熱を込めて語った。その外観は立派なものであり、仕草は優雅で、言葉の発音も明確で、言い回しも洗練されていた。大きな力を込めた感情と多様な実例を用いながら、その者は人間の下位の能力が高位のそれを凌駕するとき人間の性質というのは退化して品位を落とすとした。情念の親ともいうべき空想が精神の領域を乗っ取るとき、不当な統治と狼狽と混乱という効果しかもたらさないとした。空想が知性という城壁を内部から崩れさせ反乱するように仕向け、自分の子供である情念を理性という自分たちの正当な領主に対して反抗させるように扇動すると述べた。彼は理性を太陽に例え、それは変わることなく、画一的で、尽きることのないものとした。一方で空想を流星に例え、それは輝いているが儚い光に過ぎず、その進み方は不規則であり、進む方向も誤りがちだとした。

次に彼は情念の克服に関する様々な教訓を時折引き出し、その大きな勝利を獲得した人たちの勝利を示し、その人は恐怖の奴隷でも、機体によって愚弄されること、妬みに己が身をやつれさせることも、怒りで激高することも、脆さゆえに精力が削がれることも、悲しみから憂鬱になることももはやないことを述べた。その者はただ人生の波乱や孤独も平穏に歩いていく、あたかも空が澄んでいようと荒ぶっていようと何事もなく太陽が進んでいくようにとした。

彼は苦痛や快楽によっても微動だにしなかった英雄たちの実例を多数挙げ、その者たちは俗人たちが善と悪と名付けているような慣習や事件について無関心でいたと話した。彼は聴衆者たちに偏見を持つのはやめ、決して挫けることのない忍耐で悪意や災難に対して我が身を武装するように訓戒した。そして締めくくりとして、このような状態こそが幸せに他ならないのであり、そしてこのような幸福は誰もが手中に収められるのだとした。

ラセラスはこの者の優れた存在についての教示によって畏敬の念を持ちながら耳を傾け、彼をドアの前で待ち伏せ、謙りつつ、これほどの真実の叡智を持った賢者であるあなたの家へと訪問する許可を頂きたいのだが、と尋ねた。講演者はしばし尻込みしたが、ラセラスが金を入れた財布を彼の手に握らせ、それを相手は喜びと奇妙さが混じったような気持ちで受け取った。

そして王子はイムラックの下に戻ると「私は見つけたぞ。知るべきものを全て教えることができて、理性ある不屈という揺るがぬ王座から、人生の変転していく様を見下ろしている男を見つけたのだ。その者が語り、それに注意を払う人がその者の唇を凝視する。彼は教え諭し、それを聞き終わった者も確信に至る。この男こそが私の将来の導き手となろう。私は彼の教えを学び、その人生を真似るとしよう」

「どうか王子」とイムラックは言った。「道徳の教師という者を容易く信頼したり感嘆したりしてくださいますな。彼らは天使のように話しますが、人のように人生を送るものです」

ラセラスは、自分の主張が心の底から本当だとは思っていないのに、これほどまでに強烈な勢いで説くようなことはありえないと思った。数日すると彼はその者を訪ねたが、会見することは許されなかった。ラセラスは今や金銭の力を承知していたので、金貨を払うことによりその家へと入り、部屋が半分暗い部屋で哲学者が目に涙いっぱい浮かべ、顔面蒼白の状態でいるのを見つけた。

「ああ、あなた」とその哲学者は言った。「あらゆる友情が無駄だという時間に来られましたな。私の苦しみは癒えることなく、失ったものも取り戻すことはできません。私の娘、ただ一人の娘、今の私が唯一全ての喜びを見出していたあの優しい娘が、昨晩発熱により亡くなってしまったのです。私の計画、私の目的、私の希望はもう終わりです。私は今や社会から切り離されたひとりぼっちの孤独な存在なのです」

「だがあなた」と王子は言った。「死ぬことは賢い者なら決して心揺らいではならない出来事だ。我々は皆死というものがいつも近くにあり、そのためいつ到来してもおかしくないものとして受け入れなければならない」

「お若いの」と哲学者は言った。「あなたは別離の苦しみを今まで味わったことのない人物であるかのように話しますね」

「ならば忘れたのか」と王子は言った。「そなたがあれほど力強く強調した教訓を忘れたのか。叡智には災厄に心が対抗するために武装する強さはないというのか？ 外部的なものは移ろいやすいのが必然である一方、真実と理性は常に不変であるのを考慮してみると良い」

「真実と理性が一体どんな慰めを俺に与えてくれるっていうんだ？ そんなもんがよ、俺の娘がもう戻ってこないこと以外にどんなことをしてくれるって言うんだ？」と悲嘆に暮れる者が言った。

王子は、この者の悲惨さを非難で侮辱し苦しめることは忍びなかったので、美辞麗句の響きの虚しさや、学びの時間やわざとらしい文というものの無力さを確信しつつその場を去っていった。

第十九章　田園生活を垣間見ること

王子はそれでもまた同じことを探究し続けた。そしてナイルの滝の最下部に住んでいる隠者がいて、その人はかつて国全体にその高潔さで名を轟かせたことがあったのを耳にし、その者の隠居地を訪ね、公の生活がもたらさなかった幸福が孤独において見出されるかどうかを聞いてみたかった。そしてその年齢と道徳性から尊敬を払われた人が、悪を跳ね除けたり耐えたりするための独特な方法について教えられるかどうか確かめたかった。

イムラックと王女は王子についていくことに同意し、必要な準備を整えた後、出発した。彼らは目的地へと行く際に平野を通っていったが、そこでは羊の群れを羊飼いたちが誘導していて、子羊たちが牧草地で戯れていた。「ここそがその無垢さと静けさによってしばしば讃えられている場所です。一日の暑さを羊飼いたちのテントで過ごすとしましょう。そして我々の見出そうとしているものが田園的な素朴さにおいて見いだされ、旅路が終わるかどうか確かめてみるとしましょう」

この提案は他の者たちも快く同意し、ちょっとした贈り物やありふれた質問を交えつつ、羊飼いたちに自分たちの境遇についての意見を教えてくれるようにと説き伏せた。羊飼いたちはとても無作法で無知で、職務の善と悪をほとんど比較することができず、また彼らの身の上話や説明があまりにも漠然としていて、ほとんど何もその人たちから引き出すことができなかった。しかし彼らの心が不満により意地悪なものになっていたことは明らかだった。彼らは自分たちが金持ちの贅沢のために労働を強制されているとみなし、自分たちよりも上に置かれている人々に馬鹿げた悪意を持った目線を投げつけていた。

王女は熱を込めて、こういった嫉妬深い未開人たちを自分の同伴者になんてするのは絶対に嫌だとし、田舎の幸福などという類のものをしばらくは見たくないと述べた。しかし原始的な喜びを記すもの全てが架空的なものだとは思わず、人生においては平野や森といった穏やかな満足を正当に好むこともあるのではないかと思っていた。彼女は道徳的で上品な同伴者をわずかに連れて、自分の手で植えた花を集め、自分の飼っている羊を可愛がり、小川が側で流れ風がそよいでいる中で、木陰で女召使が何かの本を側で読んでくれるのを何の心の翳りもなく耳を澄ます時が来ることを期待していた。

第二十章　繁栄の危険なこと

翌日、暑さによりどこかに避難せざるをえなくなるまで一行は旅を続けた。少し距離をおいたところに厚い木々を見つけて、その向こうに人間の集落があることに気付いたらすぐにそこへと入っていった。灌木は入念に伐採されていて、影の一番暗いところを歩くための道が開拓されていた。向かい合っている木の枝が人工的に織りなされていた。花いっぱいの芝生が座る場所として何もない所に敷かれていて、うねうねした通りに沿う形で不規則に流れている小川の岸が時折小さな水溜りへと繋がっていて、その流れが時々少し積み重なった石によって妨げられ、それによって川のせせらぎがより周囲に響いた。

一行はゆっくりと木々の間を歩いて行き、このような予期せぬ便宜なことに出会ったことを喜び、こういった未開で人気がない地域で、害なき快適さを誰が、どのように、どうやって、享受しているのかお互いに言い当てた。

一行が進んでいくにつれ、音楽の調べが聞こえてきて、若い男女たちが森の中で踊っているのを見つけた。そしてさらに進んでいき、堂々とした建物が木々によって囲まれた丘の上に建築されているのを見た。東方的な親切さにより彼らはその場所へと入っていくことができ、主人が自由で裕福な人間として彼らを歓迎した。

主人は相手を外観で見分けることに長けていて、まもなくこの一行がただの客ではないと見分け、食卓に豪勢な料理を並べた。イムラックの雄弁性が彼の注意を引き、王女の高貴な礼儀正しさが主人の尊敬の念を湧き立てた。一行が出発することを告げたら、主人は留まるように懇願し、翌日になると前日よりもさらに彼らを立ち去らせたくない気持ちにあった。一行はその懇願を簡単に受け入れ、お互いに気遣っていたのがやがて打ち解け合い、親密な仲となった。

王子はこの場所のあらゆる家庭が楽しそうであり、自然のあらゆる顔がその場所を微笑みながら取り囲んでいるのを見て、この場所にて自分が探し求めているものが見つけられるのではないかと思わざるをえなかった。しかし彼が主人の所有しているものに感心している時、主人はため息をつきながら答えた。「私のこの境遇は確かに幸福に見えるでしょうが、そういった外観は本当のものとは言えません。私がこうして栄えていることが危険を招いているのです。エジプトの総督が私を目の敵にしていて、それも私が裕福で人気があるというだけで、です。私は今までその者が国の王子たちの攻撃から身を守ってくれていました。しかしそういった偉い方々の寵愛も気まぐれなものなので、私の保護者たちもいつ総督に説き伏せられ、一緒に私を略奪し始めるのかわかったものではありません。私は自分の貴重な財産を遠い国へと送り、何か警告が私の元に届いたら、すぐさまそれを追ってここを去っていくつもりです。そうしたら私の敵たちは私の住処を荒らし回るでしょうが、せいぜい私が植えた庭を楽しむことしかできないでしょう」

一行は主人と共に彼の悲嘆に暮れているのに加わり、彼が逃亡するような事態にならないように祈った。そして王女は主人の大きな嘆きと怒りに気を損ね、自分の部屋へと戻った。一行はその後も数日、招待者とともに一緒に過ごし、そこから隠者を探しに旅を進めていった。

第二十一章　隠者の身の上話。孤独における幸福のこと

　三日目に一行は、農民に案内される形で隠者の住んでいる場所へと着いた。そこは山の側面に掘られた洞窟の中にあり、椰子の木の影で覆われていた。滝からは遠く離れていて、微かで単調なざわめきくらいしか聞こえてくるものはなく、風が枝と共にそよいでいることもそれに加われば、そこにいる者の精神を考え込ませる瞑想的な状態にさせよう。自然の最初の大雑把な働きは人間の労力によって改善され、その洞穴はいくつかの部屋を有していて、多様な目的のために適応されていて、暗闇や嵐によってそこを訪れることとなった旅行者の宿泊所として提供されることもあった。

　隠者はドアの付近にあった長椅子に腰掛け、晩の涼しさを味わっていた。片側にはペンと紙と共に本を置き、もう片側には多様な種類の機械類を置いていた。一行が彼に気づかれずに近寄ると、王女はこの人が幸福に至る道を見つけたわけでも教えられるわけではないとその容貌から見て取った。

　一行は大いに敬意を払いながら彼に会釈し、それに対して隠者の方も礼儀や丁重さについて決して慣れていないわけではない具合に応じた。「子供たちよ」と彼は言った。「もし道に迷わ

れたのなら、この洞穴が提供するできる限りの便利さを利用し、今晩どうぞ遠慮なくお寛ぎください。そなたたちの自然な欲求を満たすためのものは全て揃っており、よもや隠者のこの辺鄙な場所で豪勢な料理を期待するわけでもありますまい」

一行は彼に感謝し入っていき、その場所の清潔さと整頓されている状態でいい気持ちになった。隠者は彼らに肉とワインを提供したが、隠者自身は水と果物しか摂らなかった。彼の話は聞く者を楽しませるのに軽薄なものではなく、信心深くはあったが狂信者というわけでもなかった。彼は間もなく一行の尊敬の念を得て、王女は自分の先程の性急な判断を改めた。

やがてイムラックは次のように述べ始めた。「こうしてお話を聞いた今、あなたの評判が遠い地方までに行き渡っていることには驚きません。我々もカイロにてあなたの叡智を耳にし、ここに赴いてこの若い男女の『人生の選択』に関してのあなたのご教示を得られればと思いました」

「善く生きる者は」と隠者は答えた。「あらゆる種類の人生は善きものなり。それ以外に何か選択を教えられることがあるのならば、それは悪と見て取れるものを避けることでしょうな」

「そなたが実際に行っているように」と王子は言った。「孤独に身を捧げている者は確かに間違いなく悪を避けられるでしょう」

「私は実際十五年間の孤独で人生を過ごしましたが」と隠者は言った。「私のこの例は模倣してくれる人がいようとは少しも思っておりませぬ。私は若い時軍へと服役し、次第に軍において一番高い地位へと昇進して行きました。隊を引き連れて広大な国々を横断していき、いくつもの戦や包囲を見てきました。やがてついに、自分より若い将校たちが出世していくのが嫌になり、さらに私の活力も次第に衰えていくのを感じていき、世界というものは策略や確執や悲惨に溢れているのを見て取ったので、自分の人生を静かに終えようと思いました。一度敵の追撃からこの洞穴に逃げ込むことによってうまくかわせたので、ここを私の最後の住処として選びました。職人を呼んでこの洞穴に部屋を設え、私が欲しかったもの全部をここに運び込みました」

「逃亡してからしばらくの間は、嵐で翻弄された船乗りが港に入港した時のように喜びました。戦闘の騒音と急激さから突如この静かで身を憩うことのできる場所に来て、嬉しくなりました。そういった新鮮さもなくなったら、私は谷に育っている植物や岩から集めた鉱石を観察することに時間を費やしました。しかしそういった観察も、今では味気なく面倒なものになりました。落ち着かず、集中できないこともたまにあります。私の精神はたびたび疑いからくるたくさんの困惑や空想の虚しさでいっぱいになります。というのも私は気を休めたり紛らわすためのものがないからです。時折、善徳を行うのをやめることでしか悪徳から身を守れないことを思うと恥ずかしくなり、私がこうして孤独に逃れたのも献身からというよりも怒りから来るのではないかと疑い始めました。私の空想は私が愚かなことをしているような光景を私に浮かばせ、今まで多くのことを失い、一方で僅かなことしか得られていないことで私を嘆かせます。孤独においては、確かに悪い人間たちからは逃れられるでしょうが、同時に良き人との会話もできなくなります。私は社会の利点と悪を長い間比較していましたが、ついに明日からまた世の中へと戻ろうと決めました。孤独な人間の生活は確かに惨めですが、敬虔なものとは言えないのです」

一行は彼の決心を聞いて驚いたが、少し沈黙した後、彼をカイロへと連れていこうと申し出た。隠者は岩に隠していた相当な量の宝を掘り出し、一行と街へと同伴し、そこに近づくにつれ隠者は恍惚としながら眺めた。

第二十二章　自然に従って生きる人生の幸福のこと

ラセラスは学識ある人たちの集いに頻繁に加わり、各々が自分の考えを述べ互いに意見を比較した。彼らの振る舞いはどこか粗野であったが、会話は教示的であり、たまに暴力的だったが議論も鋭く、その議論は会話者の双方ともどういった質問からそもそも議論を開始したかを思い出せなくなるまで続いたのがしばしばだった。彼等の間にある欠点は双方ともにあるのが普通だった。どの人も残りの人たちに教授したくてたまらなく、そして全員が他の人間の才分や学識が貶されるのを聞いては喜んだりした。この集いにおいてラセラスは隠者との面会とそれによって彼がとても思慮深く選んだ生き方を自己批判し、感心にもそれをたどったことに関して述べた。それを聞いた者たちの感想は様々だった。数人は、彼の愚かな選択は永遠の忍従という罪によって正当に罰せられたという意見だった。その中で最も若い人は、大いなる熱弁を奮いながら、その者を偽善者であると述べた。他の数人は個人の労働という社会の義務について話し、隠遁をその義務の放棄であるとした。他の人たちは逆に、公の要求をその人が満たした後、正当に自分の身を隠遁させ、自分の人生を振り返り、心を清める時も許されるとした。

この隠者の話について他の誰よりも心に響いた人は、その隠者は数年もすればまた隠遁し、さらに恥が彼を引きとどめるか死によって妨害されない限りは、その隠遁からもう一度世の中へと出ていくような気がした。

「というのも幸福への羨望というのは」とその男は言った。「あまりに強く人の脳裏に刻印されているものであり、どれほど長い人生経験でもその刻印を消してしまうことはできない。自分が現に置かれている境遇がなんであれ、我々はそれを惨めなものだと感じ告白する。しかしもしその境遇から離れれば、やはり人の想像力がそれを望ましいものとして描くのだ。だが欲求というのがもはや我々を苦しめることはなく、どの人も自分の過失以外で惨めな気持ちにならないような時は必ずや来るであろう」

「それは」とこの話にとても我慢がならぬといった素振りで聞いていた哲学者は言った。「賢者なる人間の現在の境遇だ。自分の過失以外では惨めな想いをすることがないというその時はすでに来たのだ。自然が親切にも我々の手に届く範囲内に設置してくれた幸福を探し求めていくほど無駄なことはない。幸福に生きるというのは自然に従って生きるということであり、まただどの人の心にも元来刻印された変わることなき普遍的な法則に従うことなのだ。それは何かの教訓に書かれているものではなく、運命により刻印されているものである。そして教育によって教え込むのではなく、人の誕生と共に挿入されるのだ。自然に従って生きる者は希望の幻影、欲望の煩わしさに苦しむようなことはない。その人は物事を同じような心持ちで受け入れたり拒絶したりするだろう。そして物事の道理が代わる代わる規定するように行動したりあるいは苦しんだりするだろう。他の人々は細かな定義や入り込んだ類論で面白がるだろう。彼らをもっと簡単なやり方で賢くしようではないか。彼らに森の鹿や林のムネアカヒワを観察させよう。彼らに本能によって行動が規則化されている動物たちの人生について考えさせよう。彼らは自分の先導者に素直に従い幸福なのだ。では、いよいよ議論をやめ人生を生きようではないか。仰々しさや高慢さで述べつつもその当人が理解していないような教訓なぞは面倒なものとして投げ捨ててしまい、単純で知性ある格言、つまり自然からの逸脱は幸福からの逸脱であるという格言を常に心に携えよう」。こう彼が言い終わると落ち着いた様子で辺りを見渡し、自分の善行について思い巡らし満足した。

「すみません」と王子は大いに謙りながら述べた。「私は他の人たちと同じく幸福を欲しているのですが、私の最も深い注意はそなたの今の発言に惹かれました。これほど学識ある人がこうも自信を以て説いた内容を僅かにも疑っておりません。ただどうか自然に従って生きる、というのはどういうことか教えてくださりませんか」

「若き人たちがとても謙虚で従順であるのを見れば」と哲学者は言った。「私が学問において学んだことを教えるのを否定するのは野暮というものだろう。自然に従って生きるというのは、原因と結果の関係性から生じてくることへの相応しい適合性とともに常に行動することであり、宇宙の普遍的な幸福における偉大で変わることなき体系と調和することにある。事物の現在における体系の普遍的な性質と傾向に加わることである」

王子は、この人はその話を聞けば聞くほどどんどんその内容が理解できなくなっていく賢者の一人であることをやがて悟った。そのため王子はお辞儀をし、押し黙った。そして哲学者は彼が満足したものと思い込み、他の人たちもいなくなったことから立ち上がり、まるで現在の体系に加わったかのような雰囲気で去っていった。

第二十三章　ラセラスと妹、観察のために互いに別れること

ラセラスは、頭を思考が駆け巡っているような状態で自室に戻り、今後どうすればいいのか分からなくなった。幸福への道のりに関しては、学識ある者もそうでない者も同じくらいに無知だということに気づいた。しかし彼はまだ若かったので、腕試しで追求してみたいことがまだたくさんある、と考えて気を取り直した。彼は自分の考察と疑いをイムラックに伝えたが、イムラックは彼にさらなる疑いをかけるように答え、イムラックの述べたことは王子になんら安堵をもたらさなかった。故に王子は自分と同じような希望をもつ妹ともっと打ち解けあって会話するようになった。そして彼女は、王子は今まで苛立っていたが最終的には成功することの理由づけをいくつか教えることにより彼をいつも支えた。

「私たちは今まで」と彼女は言った。「世の中について少ししか知りませんでした。私たちは偉大であったこともなければ卑小であったこともありません。私たちの国では確かに私たちは王位を持っていますけれど、権力は持っておりません。そしてまだ家庭的な平和という私的で内密な場所についてもこの目で見たわけではありません。イムラックは私たちがこうして探し回るのを喜ばないですが、それは彼の考えが間違っていることを私たちが見出してしまうから

でしょう。いっそのこと二手に分かれて探求してみましょう。王子は宮廷という華やかな場所で何が見つかるか調べてみてください。私は人に知られない影のようなより質素な生活に赴くとします。もしかすると支配と権威は最高級の祝福かもしれませんね。というのもそれらは善行を行うための機会を最も多く授けるのですから。あるいはもしかすると、中程度の財産での控え目な暮らしにこそ世の中が与えるはずのものを見つけられるかもしれませんね。そういった中程度の暮らしにおける財産だと偉大な行為を企むには全然足りず、また貧困や惨めな状態に陥るにはあまりにも多すぎるので」

第二十四章　王子、高位の者たちの幸福に関して考察すること

ラセラスは王女の意図に賛成し、翌日王子は総督の宮廷に随伴者を仰々しく引き連れて姿を見せた。王子はその威容によってただならぬ者として見分けられ、遠い国から好奇心によってやってきた王子として高位の将校たちとお近づきになり、さらに総督自身としばしば会話することを許可された。王子は最初、このように皆がその者に対して敬意を持って接され、自分の言うことに周りが従順に従い、王国全体に自分の命令を布告できるだけの権力を持っている状態にあるこの人物がさぞや自分の境遇に満足しているのだろうと考えていた。「善き政治を行えば何千何万の人々が幸福になる。それらの人々の幸福を自分の喜びとするほど、立派な幸福が他にあるだろうか。しかも君臣の法則から言えば、そういった極上の幸福は一つの国につき一人しか味わえない。ならば何かもっと多くの者も獲得できる満足があると考えるのもまた当然であろう。何百万人がたった一人の胸に一人限りの満足を満喫させるためだけに、その人物の意志に服従しなければならないというのはおかしいからだ」

こういった疑問が王子の頭にいつもあったが、これを解決するための手段を見出せていなかった。しかし贈り物や礼儀正しく振る舞うことで国王とより親密になったことにより、職務

で高い位についている人たちは他の人々を嫌っていて、さらに他の人々に嫌われていた。そしてこうした人たちの日常は策略と露見、奸計と脱出、確執と裏切りの連続であった。総督を囲む彼らの多くは、王子の行動を監視し報告するためだけに送りこまれた。口が開いて舌が語れば非難めいた不平不満が出て、どの目も相手の過失を見つけ出そうとしていた。やがて撤回の手紙が届き、総督は鎖に繋がれコンスタンティヌーポリへと送還された。そしてそれ以来彼の名前はもう語られなかった。

「権力の特権について考えてみた結果」と王子は妹に言った。「それは善に関して何か効力を持っているのだろうか?それとも、従属者という位だけが危険で、王位にあるものは安全で栄光高いのか?スルタンだけが自分の領域で幸福なのか?それともスルタン自身も疑いの苦悶と敵による恐怖心に囚われているのか?」

やがて第二の総督が王位に配置された。その者をそこに配置したスルタンは、トルコ皇帝の親衛隊員によって殺害され、その者の後継者は前任者とは異なった政治的な考えやお気に入りの大臣たちを抱えていた。

第二十五章　王女は探求を勤勉に続けるも相応に報われないこと

その間、王女は多数の家族へとお近づきになった。というのも親切で寛容な気質の持ち主を受け入れない家庭はあまりないからだ。多数の家の娘たちは陽気で気楽な雰囲気だったが、王女ネカヤはあまりにイムラックと兄の王子との会話に慣れているため、彼女たちの子供じみた軽薄さや何の中身もないお喋りをそれほど楽しむことができなかった。王女は彼女たちの考えが狭小で、望みも卑しく、賑わい方もわざとらしいということに気づいた。彼女たちの楽しさは、それは貧しいながらそのままの形で抱き続けることもなく、ちっぽけな諍いや無価値な競いによって敵意に変わった。彼女たちは互いに美貌にいつも嫉妬していた。気遣ったところで何か加わるのでもなく、また非難したところで何かが減るわけでもない美貌に。多数の娘たちは自分たちのような軽佻浮薄な男と恋に落ち、本当は単に怠惰でいるだけなのに自分たちが恋に落ちていると多数の娘たちが空想した。彼女たちの熱愛は滅多に良識や徳に焦点を当てることはなく、ほとんどの場合その恋は苛立ちに終わるのが常だった。喜びのように彼女たちの悲しみも移ろいやすかった。彼女たちの頭に浮かぶ何もかもが過去や未来とは無関係であり、何かある欲求が生まれても、あたかも最初に水に石を投げて生じた円が二回目に投げ込まれた石のそれによって混じりかき消されたかのように、他のものに容易く取って変わった。

　これらの娘たちと王女は、まるで無害の動物と戯れるように一緒になり、彼女たちが自分の美貌こそ一番だと思い上がっていて、王女と一緒にいるのにうんざりしていることに気づいた。

　だが王女の考察はもっと深いところにあり、王女の愛想の良さが自分の秘密を王女の耳に伝えたくてたまらない悲しみでいっぱいの心の持ち主たちの心を彼女に向かわせた。そして自分の望みが叶えられたり嬉しくなった人は、一緒に自分と喜びを分かち合うべく王女に言い寄った。

　王女と王子は頻繁にナイル川の岸辺にある秘密の東家に晩に落ち合って、その日どんなことが起きたかを互いに言い合った。彼らが一緒に座っていた時、王女は自分の前に流れている川に目をやった。「どうか」と王女は言った。「偉大なる水の父よ。その水を八十もの国々に流れ渡らせます汝よ、汝の源である国の王の娘の祈りの声にお答えください。汝が流れるあらゆる経路において、どこか一つでも人間の住まう場所で不平不満の愚痴が聞こえてこない場所がありますでしょうか？」

「どうやらお前は」とラセラスは言った。「私が宮廷にいた時同様に、家庭でも成功しているとは言えないようだな」。王女は答えた。「私は自分の国を去って以来、多数の家庭へと親しくなり入ることができました。それらは栄えていて平和で非常に魅力的に見えましたが、その中でただの一つもその静けさを壊してしまうような何かしらの怒りが取り憑いていないのは見かけませんでした。また貧乏な家庭においては、初めから幸福が見つかろうとは思ってもいませんでしたので、そんな安楽さは期待していませんでした。

しかし、私は裕福に生きていると思っている家庭が実は貧窮に喘いでいるのをたくさん見てきました。大きな街では、貧乏は非常にたくさんの形を外に表しています。その貧しさは華やかさや過度な贅沢によって大抵隠されています。人類の大多数は自分の貧しさを他の人から隠そうと齷齪しております。彼らは一時的な出費でなんとかやっていきますが、毎日はその日を生き長らえるために失われていっているのです。

でもこれは、頻繁に見られるけれども見ていてそれほど苦痛ではありませんでした。というのもそういった人たちを助けることができますからね。とはいえ何人かは私の助けを拒否し、私が助けようとする好意よりもむしろ彼らが何を欲しているのかを私が簡単に察知しているのに害されました。他の人たちは、貧窮により私の親切を受け取らざるをえませんでしたが、施した私を決して許そうとはしませんでした。でもたくさんの人は感謝を見せびらかしたりもっと施しをせがむことなく、誠実に感謝してくれました」

第二部

第二十六章　王女、私的な生活に関する言及を続けること

ネカヤは王子が自分に注意を払っていることに気づき自分の話を続けた。

「貧しい家族にもそうでない家族にも常に不調和があります。イムラックが言うように王国というのが大きな家族であるのなら、家族というのは小さな王国であり、派閥により揉めていて、いつ革命が起きてもおかしくない状態です。不慣れな観察者は親と子供の愛が変わらず常に同じものと期待するでしょう。しかし、子が幼児期を脱してもなおそのような愛情が続いていくことは滅多にありません。まもなく子供は親と張り合うようになります。恩恵は叱責により薄まり、感謝も羨望によって汚されます。

親と子供が調和して行動することは滅多にありません。各々の子供は親の尊敬と好意を獲得するように努め、父と母の方も子供ほどの熱意はないにせよ、各自が子供のそれを獲得するためにお互いを出し抜いたりします。故にいくつかの部分では子供の親への愛は父に向け、いくつかの部分では母に向けたりします。そして次第に、家庭は策略と確執でいっぱいになります。

若い子供と老いた両親の意見のどちらにも非や愚かさはないのですが、それでも希望と落胆、或いは期待と経験という正反対な効果により大抵正反対なものです。春と冬では自然の外観が

違うように、若い時と老いた時では人生の色は異なったように見えます。そして子供たちが聞く親の主張も、その目つきから嘘だというのがわかるのにどうしてその主張を信じることができるでしょうか？

親が自分たちの教訓をその生き様によって子供に聞かせるようなことができる場合は少ないのです。老いた人間はゆっくりとした企みと少しずつの進歩を行うものだと完全に信じ切っています。若者の方は才分や力強さや性急さによって自分の道を切り開いていくものと考えています。老いた人は金持ちに敬意を払いますが、若者は道徳に敬意を払います。老人は慎重さや分別を最重要視しますが、若者は寛大さや冒険に身を委ねます。若者は何か悪巧みをすることがないので、自分に対しても悪巧みをする人がいないと考え、心を開いた素直さによって他者に振る舞います。しかし彼の父は、詐欺により騙されて損害を被ったことがあるので、疑いの念を他人に持たざるを得ず、いつも疑いの目で見る癖がついてしまっているのです。老人は若者の無礼さに怒りを抱き、若者の方も老人の細心さを軽蔑するのです。故に親と子供は、大部分においてお互い愛することがどんどん少なくなります。そして、お互いを緊密に結びつける自然がお互いの苦しみだというのなら、一体どこに愛情や慰めを見出せばいいのでしょうか？」

「実の所」と王子は言った。「お前が知り合いになった家庭がたまたま不幸にもそうだっただけなのではないか。あらゆる関係の中で最も愛のあるべきものが自然の必要性によって妨げられるなんてとても信じられないのだが」

彼女は答えた。「家庭内の不調和は避けられないものではなく、絶対に必要というわけでもありません。でも、そう簡単に避けられるものでもありません。家族全体が道徳的であるような家庭をみることは滅多にありません。善と悪は協調していけないものです。そして悪自体も各々悪同士、協調していくこともなかなかありません。道徳的なものですら多様な形ゆえに相容れないこともあり、極端へと走ることもあるでしょう。普通、そういった親こそが一番尊敬されます。というのも良く生きる者は軽蔑されないのですから。

他にも多数の悪が家庭生活を害します。相手の思いを信じて不倫関係を持った召使の奴隷となっている者もいれば、気に入らないけれど従わざるを得ない金持ちの気紛れにいつも不安な人もいます。傲慢な夫も頑迷な妻もかなりいます。というのも叡智や徳は人をほとんど全く幸福にしないのに、愚かさや悪徳は多くの人を惨めにするように善よりも悪を行う方が簡単ときているからです」

「それが結婚のもたらす一般的な結果なのだろうな」と王子は言った。「将来において嫁ぐ相手の過失によって不幸にならないために、自分の興味や利害を他者とのそれを関係付けない方がいいいな」

王女は言った。「そういった理由から独身で過ごしている人たちとも会いました。しかし彼らのそういった分別のはずの行動も他人から羨ましく思われてはいないようです。彼らは人生を友情や愛情なく過ごしていき、無益な一日を子供じみた娯楽やよろしくない喜びでさっさと終わらせるために躍起になっています。彼らはいつも何かしらの劣等感に支配されているような存在として行動し、頭を恨みで舌を愚痴でいっぱいにします。彼らは家では機嫌が悪く、外では悪意をばら撒きます。そして人間の本質に属さないものとして、自分たちを社会の権利から締め出すものとして社会を害することを一種の職務とし、そしてそれで喜ぶのです。共感を感じなかったり喜ばずに暮らしたり、他者を幸福にすることなく裕福になったり、同情という慰めを味わわずにに苦しむことは、孤独よりもなお憂鬱な気持ちにさせるものです。それは人類からの隠遁ではなく排斥です。結婚には苦痛が色々伴いますけど、独身には喜びがないのです」

「ならどうすればいいのだ」とラセラスは言った。「幸福を探究すればするほど、幸福になれない。自分以外に何も好まない者こそ自分に満足できるのだろうな」

第二十七章　王者の地位に関して論じること

会話はしばし止まった。王子は王女の観察について考え、王女は人生を測る際に先入観を持ったのだ、発見したと思った悲惨さも実際はなかったのだ、と彼女に述べた。

王子は言った。「だがお前の話を聞くと、将来の見込みに関してそれでも暗い影を投げかけるな。イムラックが前もって私たちに述べたことは王女ネカヤによって描かれた悪の微かな下書きというべきものだった。私は最近になって、平穏というのは偉大や力から生み出されるものではないことに確信した。平穏が存在するのは裕福な金によって買うわけでもなければ、克服や征服によって強制されることによってでもない。より広い範囲で行動する人は、敵からの反対や不運を被る危険性がより高いのは明らかだ。喜ばせたり管理しなければならないものがたくさんある人は、大勢の人の助けが必要となる。その場合利用することになる何人かは邪な人もいるだろうし、無知な人もいるだろう。何人かによって欺かれたり、また裏切られたりすることもあるだろう。支配者が誰かを満足させれば別の誰かを害することになる。支配者に贔屓されないと感じれば、その人は傷つけられたと自分をみなすだろう。そして贔屓というのはごく少数にしか与えられないのだから、大多数の人は常に不満な状態にあるわけだ」

「不満というのはとても合理的なものとは言えませんが、私はそういった感情を常に軽蔑したい精神を持ち続けたいと思いますし、王子もそれを抑圧するだけの力を持っておいてほしいものです」と王女は言った。

「不満は」と王子ラセラスは言った。「公の物事をどれほど正確に、どれほど眼を見張らせて監督、管理した上でなお生じたとしても、不合理なものとは常に限らないのだ。手柄や功績というのは、譬えどれほど注意を払っても、派閥争いや困窮によって隠されることもあり、常に見つけ出すことができるわけではない。またその者がどれほどの権力を持っていようと、それに正当な報酬を与えられるというものでもない。しかし自分より劣っているはずの人間が自分よりも厚遇されているのを見たら、贔屓や気まぐれによるものだと必然的に推論することとなる。そして支配者がどれほど寛大な性格だったり境遇に喜んでいようとも、治めている人々に常に変わらず公平な評価を下し続けるというのは無理だというのも明らかだろう。彼は時には自分の好みにより贔屓することもあれば、自分が贔屓しているものを贔屓することもあるだろう。自分にとって役に立たないものも贔屓することもあるだろう。その者たちが本当は持っていないのに、自分が好む素質を持っているものと思い込むこともあるだろう。そしてそういった人たちから喜びを得る王子ラセラス、幸福への彷徨ことのお返しとして払い返そうと努めるだろう。それ故金で買われたり、追従やへつらいといったより破壊的な賄賂によって支配者の推薦を勝ち取ることもあるのだ」

「たくさんやらなければいけない者は何がしかの誤りを犯し、そしてその誤りの結果として害がもたらされることになる。支配者が常に正しく行動することが可能だとしても、彼の行動を今のような人々が多く判断するのなら、悪者は支配者の振る舞いを非難し悪意によって妨害するだろうし、善人だとしても誤って同じことをすることもあるだろう。

そういったわけで最も高い位も幸福の住処としてはとても期待できるものではなく、なので王座や宮殿に私がいるとしたら喜んで質素で私的な場所や人目につかない平穏なところへと落ち着くだろう。自分の職務において十分な能力を持っていて、自分の行いによって作用される影響力を全部自分のその目で見ることができ、自分の知識によって信用できる者は全部自分で選び、期待や恐れによって騙されない人なら、その者の満足を妨げたり期待を遮ったりするものなんてあるだろうか？その者は愛して愛され、徳を持ち幸福になること以外、どんなことがあるだろうか？」

「完全な幸福が完全な善によって齎されるかどうかは」と王女ネカヤは言った。「この世界では決してその答えを下すことができないでしょう。でも少なくとも、目に見える道徳と目に見える幸福は決して常に釣り合うものではないということは断言できるかも知れません。全ての自然の悪とほとんど全ての政治的な悪は、悪人だろうと善人だろうと区別なく降りかかってくるのです。それらは貧窮の悲惨さにおいてごっちゃになり、派閥争いによる確執において明確に区分けできるものではありません。それらは嵐の中で一緒に沈んでいき、侵略者によって国から追い払われるのです。徳というものが齎すものはせいぜい良心の静けさ、より幸福な境遇への落ち着いた見込みくらいのものでしょう。こういったことは忍耐を以て災厄を耐えることができるようにしますが、そういった忍耐は苦痛が伴うことを覚えておかなければなりません」

第二十八章　王子と王女の対話を続けること

「王女よ」とラセラスは言った。「お前は世間でよく見られる誇張の誤りに陥っているようだな。我々が感知しないような悪は考えたりせず、或いは誤った説明で人生を害するようなことはやめようではないか。お前の述べている国家の危機や広範な災害は物語の本などにおいてはよく見受けられるものだが、現実においてはあまり見られるものではなく、その恐ろしさは神が世にもたらすことすら滅多にないだろう。直接自分に関わりのない災厄を想像したり、実際よりも悪く考えて人生を台無しにするようなことはやめようではないか。あらゆる街がエルサレムのように包囲されると脅かしたり、イナゴの群れが毎回飛来してくるたびに飢饉が起きるぞと言い囃したり、南から風が吹けば伝染病が流行るぞという愚痴っぽい弁舌というものに私は我慢がならない」

「王国に苦しみを瞬く間に撒き散らすような必然的で不可避な悪に関しては、あらゆる論争は無駄というものだ。そういったものが生じたら耐えることしかできないのだ。だが、こういった普遍的な困窮の勃発に関しては、実際に生じている以上に恐れられているのは明らかだ。何千や何万の人々の若さが開花し、家庭内の苦悩以外に関しては何も知らず、自分の国王が温和か残虐か或いは自国の軍隊が敵を追撃するかおめおめと退却するかといった話題で喜びや苛立ちを分かち合ったり、そして老齢とともに枯れていくのだ。宮廷が国内の争い事にてんてこまいになり、また大使たちが外国で交渉している間でも、鍛冶屋はなお自分の金敷台を叩き、農夫は鋤をせっせと前へと動かしているのだ。生活の必要は要求され獲得されており、その時期毎の絶え間ない職務は絶え間ない改革を果たし続けるのだ。

それ故何が起きないか、或いは将来何が起きるだろうかというのを考えるのはやめにして、人間の憶測というものなぞ一笑に付そうではないか。そして原理の作用を修正したり王国の運命を軸づけようとするような無益な努力はやめるとしよう。我々のような存在が実際にどのように成し遂げ得るのかを考えるのが我々の使命だ。自分の交友関係のサークルにおいて、譬えそれがどれほど狭いものだとしても、他者を幸福にすることにより自分の幸福へと辿り着こうとするのだ。

結婚というのは自然の命じるところのものであるのは明らかだ。男と女は互いに同伴するように作られているのであり、そのため結婚というのが幸福に至るための一つの手段だということをどうしても否定することができないのだ」

「私には」と王女は言った。「結婚が世間でいくらでも見られるような人間の惨めさ以上のものかどうかは分かりません。結婚生活における不幸、いつ終わるともしれない不調和の予期せぬ原因、気質や意見の食い違い、暴力的な衝動から生じる両者の正反対の欲望の野蛮な衝突、相容れぬ道徳の強情な意地の張り合い、これらが自分は善良な意図から発すると思い、譲らないのを見たり読み取ったりすると、ほとんどの国の決定論者たちのように歓迎されているというより、神により已むを得ず許可されている制度であり、扇情的な情熱にあまりに溺れることがなければ誰も解消できぬ縺れに自分たちを取り入れたりはしないという考えを私はせざるを得ません」

「どうもお前は忘れているようだが」とラセラスは言った。「今しがた独身が結婚している状態よりも不幸だと述べたばかりではないか。両方とも悪い境遇かもしれないがどちらも最悪というのは変だろう。こういったことは誤った複数の意見を考慮すると、それぞれの意見が互いに滅ぼされて、逆に真実が明らかになったりすることもあるのではないかね」

「人間の気は変わりやすいものなのに」と王女は言った。「それを嘘と呼ばれるなんて思ってもみなかったわ。目で見る場合と同様に精神で見る場合も、程度の違いが大きく、部分部分も多種多様である複数の対象を正確に比較することは困難です。一度に全体を見たり感知したりするものは、その違いがくっきりと分かり、好みを決めるのも容易いでしょう。でも如何なる人間でもその規模と複雑な多様性を完全に把握して測量することができない二つの体系に関しては、全体を部分部分でしか判断できず、あるものは記憶によってまたあるものは空想によって、ああ思えばこう思うというように考えが変わっていっても不思議ではないでしょう?

政治と道徳の多種多様な関係のように疑問の部分しか見ない場合、私たちが出す答えは互いに異なるのですが、それと同様に自分自身においても同じ疑問なのに違った答えを出すものなのです。でも例えば数字の計算のように、もし全体像を一度に把握することができたなら、みんな一つの結論で一致し、誰も意見を変えたりもしません」

王子は言った。「人生の他の悪や、討論の苦々しさや、論争の細々とした部分において互いに競い合うようなことはやめよう。我々は二人とも成功を味わうか、災厄によって苦しむかの探求を平等に行っているのだ。そのため互いに助け合うのが適当というものだろう。結婚制度に対してお前はあまりに性急に結婚による不幸の判断を下しすぎる。人生が惨めならそれは天からの授け物ではないという証拠にはならないだろうか？世界というのは婚姻によって人が増えて住むようになったのか、それとも婚姻以外の原因でそうなったのか」

「世界において人々がどのように増えていったのかは、私にはどうでもいいことですし、あなたにとってもそうでしょう。今の世代の人々が後世に後継者を残さなくても何か問題があるようには思えません。私たちは今世界のためではなく、自分たちのために探究しているのです」と王女ネカヤは言った。

第二十九章　結婚に関する議論の続くこと

ラセラスは言った。「全体が善であるものは、その各々の部分全てに関しての善と同様である。もし婚姻というものが人類にとって最善のものであるのならそれは明らかに個々人にとっても最善のはずであり、さもなくば永久的で必然的な義務が悪をもたらし、何人かの人々が嫌が応にも他人の利便性のために犠牲となる。お前が結婚と独身の各々の状態において下した評価では、独身生活においての不便性は、大局的な観点から見れば確実に必然的に被るものであり、その一方結婚状態にあるのならそういったものは運に左右され回避することもできよう」

「分別と善意が結婚生活に幸福をもたらすとやはりどうしても考えてしまうな。人類の一般的な愚かさが一般的な不平不満をもたらすのだ。若さという未成熟な時期において、欲望で胸がいっぱいであり、判断力も先を見通す力もなく、意見や振る舞いを相手に合わせたり厳格な判断力や純情な感情を求めるようなこともないのだから、その時の結婚相手の選択の結果、落胆と後悔以外何が当人たちに齎されるというのか？」

「こういったことが結婚において普通にあるのであり、若い男女が偶然か或いは誰かかの策略によって出会い、目を配らせあい、それらしい礼儀を交わし、家に帰り、お互いのことを夢の中で夢想するというわけだ。そういったものから注意を逸らし、別の色々な考えを取り入れさせるものはあまりないので、お互いが離れ離れになっていると落ち着かず、そのため一緒になれたら幸福にお互いなれるのだという判断を下すのだ。そして彼らは結婚し、それまでに自分から盲目になって気づかなかったものに気付いてしまうのだ。彼らは口論して生活に疲れるようになり、残酷さとともに相手の性分を攻撃するのだ。

そのような若い年齢における結婚が齎すものは、親と子供の敵対関係とも類似している。父親は間もなく世界から隠遁しようというのに息子の方は世界を楽しむため胸は希望でいっぱいになっており、この二つの世代が一緒になれるような余地はほとんどない。母は自分の美貌をもう諦めかかっているのに娘はこれから美しく花咲いていく状態であり、どちらも互いが邪魔だと思わざるを得ないのだ。

確かにこういった悪は、撤回不可能な選択を取る際に行う熟考と慎重さという分別によって避けられるかも知れない。若い時の人生の楽しみにおける多様さと陽気さは、相手の助け無くしても十分に堪能できるであろう。長く時間をかければそれだけ経験が蓄積されていき、さらに広がった視野が吟味と選択のためのより良い機会を当人に齎すだろう。そして少なくとも、ある一つの利点があることは間違いない。両親たちは子供よりも年老いたことが外見からも明確に明らかになるということだ」

「理性によって手に入れられないものや」と王女ネカヤは言った。「経験がまだ教わっていないものは、他人の報告からしか知ることができません。もっと遅い年代において結婚することも決してものすごく幸福だというわけではないと聞きました。これは非常に重要な疑問でとても無視できるようなものではありません。そしてこの疑問を正確な把握力や広範な知識を持っている人々にも尋ねましたが、彼らの答えは傾聴する価値がとてもあるものだと感じました。彼らは男と女がお互いの価値観が固定化され習慣もできあがってしまうまでに結婚を保留しておくのは危険だと基本的に考えていました。そういう場合友情が相互の側に契約され、自分の人生を方法論として組み立て、精神も自分の展望について思い巡らすのに十分に長い時間を費やしたのです。

運の巡り合わせで世界に導かれた二人が同じ道程を誘導されるといったことはほとんどあり得ないことであり、自分の道程を今までの習慣によって喜んで進めていったのにわざわざその道からどちらかが逸れることはあまりないということです。気まぐれで軽薄な若さから規則正しい生き方が培われたら、それを譲歩するなんて恥だと思うようなプライドや自分が正しいと進んで主張するような頑固さが間もなく当人に養われるのです。長い時間をかけて培った習慣はそう簡単には崩れません。自分の人生の今後の展望を今までのとは違ったものにしようとする者は、結局無駄な努力に終わるでしょう。そして自分自身でも滅多に成功することのない努力をどうして他人に働きかけることなんてできるでしょうか？」

「だが」と王子ラセラスは口を挟んだ。「お前は伴侶の選択における主要な動機を忘れたか無視したと思うのだが。私が妻を探し求める年齢がいつであろうと、次の疑問をまず投げかけるだろう。つまり彼女は理性によって導かれるのを望んでいるかどうか、ということだ」

王女ネカヤは言った。「それこそが、哲学者たちが思い違いをしているところではないかしら？理性が判断を下せないような、似たような議論なんていくらでもあります。そういった質問は考察されるのをうまくかわしていくものなのに、理論的な考え方でそういった質問を考察していくなんて馬鹿らしい。それについてはほとんど何も言えないのに、何かしら行わないといけないことなんてたくさんあります。例えば人類の状態に関してもそうでしょう。どんな状態においても、たとえそれが大きな事態だろうと些細な事態だろうと、自分の理性に従って完全に自由に行動できる人なんてどれほどいることでしょうか。何よりも惨めなのは毎朝起きるたびに、その日の家庭生活の隅々までの詳細を理性によって決めなければならない状態にある二組の人たちでしょうね。

遅く結婚する人たちは、おそらく子供によって自分の人生を侵害されることからは逃れられるでしょうね。でもこの利点と引き換えに、親はその子供たちを無知で頼れる人がいない状態のままに残し、後見人になされるがままになるでしょうね。或いはこういったことがなくても、自分の子供たちが成長して賢くなったり大きな存在になったりする前にこの世から去ってしまうのでしょうね。

自分たちの子供たちからは恐れる所がない分、期待する部分もないのでしょう。また夫婦間においても、若さゆえの愛を感じることもできず、柔軟な価値観や瑞々しい印象によって互いに絆を深めやすくなり、柔らかい肉体がお互いを擦ることによってその表面を滑らかにするように一緒に暮らす際の確執を和らげたりできたのに、歳をとってから結婚すればするほど難しくなり、その償いとなるものもないのです。

そういうわけで結婚が遅ければ遅いほど自分の子供たちに、早ければ早いほど結婚相手に満足を覚えるものだと考えています」

「そういった二つの愛情の結びつきはそこから望まれるものは全て手に入れられるだろう。結婚が夫にとっても父親にとっても決して早過ぎない時期にそれらを結合させる時が来るかも知れない」とラセラスは言った。

「毎時間毎時間」と王女ネカヤは言った。「イムラックの口から聞いた何回も聞かされた有益な境遇というものと、私の偏見による考えが一致するのが感じられます。自然は己の恵みを右手と左手の両方に添えるというのです。希望をくすぐり欲求を惹きつけるようなそういった状態は、片方に近づくほどもう片方から遠ざかるというように成り立っているというわけです。正反対にそれらの恵みが置かれているわけですから、我々は両方捕まえることはできないけど、あまりに慎重になりすぎると両方ともから距離を置きすぎてどちらも手にすることができないようになって通り過ぎてしまうというのです。こういったことが長い間考え続ける者が辿る運命であるみたいです。そういった人は結局、世の人々が達成できる平凡な行い以上のことは成し遂げることは決してないでしょう。矛盾した快を両方とも手に入れようという甘い考えを抱いてはなりません。あなたの眼前にある恵みから選択し、満足するのです。春の花の芳香な香りを楽しんでいるときに、秋の果物を味わうことなんて誰もできません。また、誰もナイルの源の水と河口の水から同時にコップを満たすこともできません」

第三十章　イムラックも加わり、会話の内容が変わること

ここでイムラックがやってきて、彼らの話を中断させた。「イムラックよ。私は王女から家庭生活の陰鬱さについての話を聞いていて、さらに探求していこうというやる気が挫けそうになっているのだ」と王子ラセラスは言った。

「どうもですね」とイムラックは言った。「あなたは『人生の選択』を行っている間に、生きることには怠慢であるようです。あなたはある一つの街を歩き回るのですが、そこはどれほど広大で様々なものがあろうと、今や王子にとっては新鮮なものとして映るのはほとんどないでしょう。そしてお忘れになっていますが、王子が今おられる国は最も古い王国の中でもその住民たちが力と叡智の点において有名な国なのですよ。この国において黎明した学問が世界を照らしたのであり、今ある文明社会の技術や家庭生活の諸芸もそれを礎として依拠しているのですよ。

古代のエジプト人たちは力と労力の記念碑を後世に残し、それに比べればヨーロッパのあらゆる威容というのが霞んでしまうのは認めざるを得ないでしょう。エジプト人たちが建築したものの遺跡は現代建築家にとっての学習対象であり、その神秘さから不確かにせよ何が破壊さ

れたかを推測するだけの時間を割いてくれました」

「私の好奇心は」とラセラスは言った。「決して積み重ねられた石や土の塚とかを調べるような強い熱意を持つには至っていない。私の関心事は人にあるのだ。私はここに神殿の残骸を測量したり埋もれた溝渠の跡を辿ったりするために来ているのではなく、現在の世界の様々な光景を見やるために来ているのだ」

「私たちの目の前にあるものは」と王女は言った。「注意を払う必要がありますし、それだけの価値もあります。遠い昔の英雄や遺跡なんかに私に何の関係があるというの？そういった時代はもう決してやってこないでしょうし、当時の英雄たちも現代における人類の置かれている必然的な境遇や送り得る境遇とは全く異なったものであったでしょう」

「何かを知ろうとするのなら」と詩人が返した。「その作用を知らなければなりません。人間を見るのなら彼らの作り上げたものも見なければならず、それによって理性が何を察知し、或いは情念が何を鼓舞したかを知ることができるかもしれませんし、そして行動の最も強力な動機は何かということを見出せます。現在を正しく判断するにあたっては、それを過去と対置させる必要があります。というのもあらゆる判断は相対的なものであり、未来については何も知ることができないのですからね。真実としては、どの精神も現在にそこまで没入している訳ではないということです。我々の生きているその瞬間は回想と予想によってほぼ一杯になっています。我々の情念は喜びと悲しみ、愛と憎しみ、希望と恐れです。喜びと悲しみにおいて過去は対象物であり、希望と恐れは未来の対象物に向かいます。愛と憎しみですら過去に顧慮を払います。というのも結果の前に原因がなければならないのですから。

現在の状態はそれ以前の状態の結果であり、私たちが享受している善や苦しんでいる悪の根源について考察するのは自然の成り行きです。もし我々が自分たちのためだけに行動するのならば、歴史について学ばないことは賢明なこととは言えないでしょう。もし我々が他人についても関わるようにする必要があるのなら、やはりそれは正しいこととは言えないでしょう。無知というものは、もし自分からその状態を望むのなら、罪とも言えます。そして学ぶことを拒んだ人は本来なら防げた悪によって罰を相応に被るでしょう。

歴史において、特に人間精神の進歩や理性の漸進的な発達、学習と無知の流転転変に関した部分ほど一般的に有益なものはありません。というのもそれらは考える存在の光と闇であり、技術芸術の破滅と復興であり、知的な世界の革新と言うべきものだからです。戦闘や侵略の報告が王族たち特有の関心事ならば、有益だったり洗練されている技術や芸術は決して無視してはなりません。王国を統治する者は知性を発展させなければなりません。

具体的に例を挙げた方が教訓を垂れたりするよりも有効でしょう。兵士は戦争のために訓練し鍛造されなければならず、画家ならば絵を模倣する必要があります。この点に関して、静観的な生活は利点があるのです。偉大な行動というのは滅多に見られるものではないですが、芸術に関しての偉大な作品は常に手元にあり、芸術ではどんなことが成し遂げられるのかを知りたい人にとってそれは大いに役立つでしょう。

視覚や空想が何か尋常でない作品に取り憑かれたら、活発な精神は次はそれがどのように作り上げられるかについて頭を巡らすことになるでしょう。ここにおいて先程の静観というものの本当の意味で役に立つようになるのです。我々は自分の理解力を新たな発想によって拡大させ、もしかすると人類にとって失われた何かしらの芸術を蘇らせたり、自国では不完全に知られているのをより完全に知るようになることができます。少なくとも私たちは以前の時代と比較し、それによって我々の発展具合に喜んだり、或いはこれは善への第一歩というものですが、我々の欠点を発見したりすることができるのです」

「私は」と王子ラセラスは言った。「自分の探求にとって知る価値のあるものと看做したものは全て見たいと考えている」。王女は「そして私も古代の風習に関して何かしら学びたいと思います」と言った。

「偉大なエジプトの最も壮麗な記念建造物、そして手による労働により完成された最も規模の大きい作品は」とイムラックは言った。「ピラミッドと呼ばれるものです。歴史が生じる前から建造された建物であり、最も古くから伝わる話も、当時の不確かな伝統しか我々に伝えません。これらにおいて最も偉大な建造物は時間の経過によってほとんど害されることなく未だに佇んでいるのです」

「ならば明日それを見に行きましょう」と王女ネカヤは言った。「ピラミッドの話はしばしば耳にしたことがあります。そしてその内部と外部、両方をこの目で確かめるまで身を休ませないとしましょう」

第三十一章　一行、ピラミッドを訪れること

こうして決意が固まったので、翌日一行は出発した。彼らは駱駝の上に天幕を載せ、自分たちの好奇心が完全に満たされるまでピラミッドの所に居ようと決意していたのであった。彼らはゆっくりと旅をし、何か印象深いものがあればそれら全てに目をやり、時折足を止めてはその土地の住民たちと会話を交わして廃墟になった街や人が居住している街、野生や文明的な自然の多様な景観を観察した。

ピラミッドの所にやってくると、底の部分の広大さと頂点の伸びている高さを見ては驚嘆した。イムラックは彼らに対して、世界が存続する限り存続させたと願って作られたこの建築物がどうしてこのような形をしているのかについて説明した。イムラックは、このように上へと伸びるほど次第に面積が減少していくことが、このピラミッドに大きな安定性をもたらしてよく見られる悪天候による損害を全て弾き飛ばし、自然の暴力において最も巨大な力である地震においてさえもほとんど崩壊することがなかったと説明した。もしピラミッドを崩壊させるような振動が起きたとしたら、それは大陸そのものを崩壊させるほどの脅威を持つものであろう。

一行はピラミッドのあらゆる側面からその大きさを測り、その麓に天幕を張った。翌日彼

らはピラミッドの内部に入るよう支度し、よくいる案内人を雇い最初の通路へと登っていくと、王女のお気に入りであるペクアが窪みを覗きこみ、思わず後退りして震え上がった。「ペクア」と王女は言った。「何をそんなに怯えているの？」ペクアは「入口が狭いことと、恐ろしいほど中が暗いことです」と答えた。「安息なき魂が間違いなく住んでいるような場所には、とても入りたくはありません。この暗い部屋の元々の所有者が私たちを見ると動き出し始め、ひょっとすると永遠にここに私たちを閉じ込めるかもしれません」。こう言うと、彼女は自分の女主人の首に腕を巻いた。

「お前の恐怖心が全て亡霊に対するものから来るものなら」と王子は言った。「安全であることは保証するよ。死んだ者には何の危険性もないのだ。一旦埋葬されたものはもはや人の目につくことはない」

「死者はもう人の目につくことはないので」とイムラックは言った。「あらゆる時代とあらゆる国家において共通して見られる変わらぬ証拠に対して何か主張しようとは思いますまい。無知なものにしろ学識ある者にしろ、亡霊と関係がなくその存在を信じない人は誰もいません。この意見が人間の住む所どこでも信じられているのはおそらくそれが真実だからでしょう。お互いに全く知らない者同士なのに意見が一致しているというのは、経験がそれを真実だと思わせるのでしょう。たまにそれを疑う理屈屋がいますが、多数の挙げている証拠を反駁するほどではないですし、口では否定することはあっても恐怖によって心では肯定していることを白状してしまうのです」

「それでもすでにペクアを怯えさせているものに更なる恐怖を加えようとは思わないのだがな。亡霊が他の場所ではなくピラミッドをわざわざ徘徊したり、無垢で純粋な人を傷つけるだけの力と意志を持っているのか、そんな説明はつかないだろう。我々がここに入っていくからといって奴らの権利を侵害するというのでもあるまい。彼らから何も奪っていくことはできないのに、どうして彼らを害することなどできるというのだ？」

「愛するペクア」と王女は言った。「私がお前の先を歩き、イムラックがお前の後ろにつくとしよう。お前がアビシニアの王女の同伴者だということを忘れるでないぞ」

「もし王女様がその従者が死ぬことに喜びを抱かれるのなら」とペクアは言った。「この恐ろしい洞窟に閉じ込められるよりは恐ろしくない方法で死ぬのを命じてください。私が貴方様に従わないことはありえないというのはご存知のはずです。もし行けと命令なさるなら私は行きます。しかし、私が一旦ここに入ったら、決して戻ってくることはないでしょう」

王女は従者があまりに恐怖に囚われているので抗議や非難をしても無駄だと見てとり、彼女を抱擁しつつ、自分たちが戻ってくるまでに天幕にいろと伝えた。それでもペクアは満足せず、王女にどうかピラミッドの奥へと入っていくという恐ろしい企てはやめてほしいと懇願した。

「私は勇気を授けることはできないけど」とネカヤは言った。「臆病を学ぶこともあってはならないことよ。そして唯一の目標を達しないままここを去るというのもありえないことだわ」

第三十二章　一行、ピラミッドに入ること

　ペクアは天幕へと戻り、残りの一行はピラミッドへと入った。彼らは通路を通ってゆき、大理石の部屋を観察し、ピラミッドの建築を命じた者の遺体が納められているはずの大きな棺を吟味した。そして彼らは最も広い部屋の一つで座り込み、しばし休息し、その後戻ろうとした。

「今や」とイムラックは言った。「中国の万里の長城を除く人類の最も偉大な所業をまさにその目で見ることにより、我々の精神は満たされたことでしょう」

「万里の長城に関しては、建設した動機が簡単に読み取れます。労働よりも略奪によって欲するものを手にしようとし、時折平和に商売取引をしている居住地にあたかも禿鷲が家禽に襲い掛かるように流れ込む蛮族の侵入から、裕福で戦に不慣れな自分たちの国を保護したのです。蛮族たちの敏捷さや激しい勢いが壁を作る必要性をもたらし、蛮族たちの無知ゆえにその効果は抜群でした。

　しかしピラミッドに関してはその建築作業の途方もない費用と労力を行っただけの適切な理由が未だになされていません。部屋の狭さから敵から身を匿うものとしては不適当ですし、財宝を隠す点においてももっと少ない費用で同じだけの安全性を確立することはできたでしょう。

人生では絶え間なく人に空想上の渇望が憑依するもので、それを時折満たすことにより宥める必要があるのですが、どうもそのためだけに建造されたみたいです。すでにあらゆる快楽を手中に有るもので感じられる者たちは、自分たちの欲望を拡大してしまいます。実用性の点で今まで建造していた者はその実用性が満たされると、今度は虚栄心を満たすことを目的にして建造し始め、他の望みを抱かないようにするため、自分の建造計画を人類の所業で最大級のものを成就しようと引き上げるのです。

私はこの威風堂々とした建造物を人間の快楽の満たされなさを象徴する記念物として看做しています。権力を無限に持ち所有している財宝も現実と空想のあらゆる欲求を凌駕する王は、領土の支配に飽き飽きしていることと快楽の無味さをピラミッドを建立することにより自ら慰めようとし、また無数の労働者たちが何の意味もなく石を別の石に終わることなく積み重ねていくのを見て、老いていく自分の身の上の退屈さを紛らそうとしたのでしょう。ほどほどの境遇に満足せず、幸福が王家の威容にあると思い込み、権力と富が目新しさへの飢えを終わることない満足感と共に満たせると思い込んでいた者よ。其方が誰かは知らぬがピラミッドをその目でしかと観察し、汝の愚行を白状するのだ！」

第三十三章　王女、予期せぬ不運に巡り会うこと

一行は立ち上がり、入ってきた洞穴を通って戻り、王女は自分のお気に入りの女召使に対して暗闇の迷宮や手の込んだ部屋、さらに多種多彩な構造が彼女に与えた様々な印象について話してあげたいと待ち望んでいた。だが一行が同伴者の待つる所に戻った時、みんなが押し黙っていて落ち込んでいたのを見てとった。男たちは恥と恐怖を容貌に浮かべており、女たちは天幕ですすり泣いていた。

何が起きたのか一行は推測するようなことはせず、すぐに尋ねた。「あなた方がピラミッドに入るとすぐに」と一人の同行者が言った。「アラブ人の一隊が我々に襲いかかってきたのです。彼らの攻撃に抵抗するにはこちらの数は少なく、また逃げるにも我々の足の速さではとても無理でした。彼らは天幕を探り、我々を駱駝に乗せて一緒に連れ行こうとしましたが、その時トルコの騎手が数人やってきて、アラブ人たちは逃げ去って行きました。しかしその際にペクアと二人の女召使を捕まえて連れ去って行きました。トルコ人たちは我々の強い願いによって彼らを追跡しましたが、とても追いついて捕まえるようなことはできるとは思えません」

王女は驚きと悲しみで胸がいっぱいになった。ラセラスは憤慨するや否や、その勢いで自分

の召使たちに彼についていくように命じて、手には剣を持って強奪者たちを追跡する支度を整えた。「王子」とイムラックは言った。「御自身の戦闘力や武勇から何を望めるというのです？　アラブ人たちは馬に騎乗していて、戦闘や逃走することに関して訓練を積んでおります。私たちには戦では重荷となるような駱駝しか所有しておりません。今の位置から去ってしまうことは王女も失ってしまい、ペクアも取り戻すことができることもできそうにありません」

しばらくしたらトルコ人が戻ってきて、敵にはやはり追いつくことができなかったと述べた。王女は再度悲嘆に暮れ、ラセラスはトルコ人を臆病者だと非難せずにはいられなかった。だがイムラックに関しては、アラブ人が逃げ去ったことは不運なこととは必ずしも思っていなかった。というのももしトルコ人が彼らに追いついたなら、ペクアを引き渡すよりもむしろ殺したかもしれないと考えていたからである。

第三十四章　ペクアなしで一行カイロに戻ること

　ここにこれ以上長く滞在しても何も期待できなかったので、自分たちの好奇心を悔やみ、政府の怠慢さを非難し、護衛をつけずにピラミッドへと赴いた不注意な性急さを嘆き、ペクアの誘拐を妨げられたかもしれぬ多数の方策について思い巡らし、ペクアを取り戻すために何かをやろうと決心しつつ、そのための適切な手段が思い浮かばないまま、一行はカイロへと戻った。ネカヤは自分の部屋へと戻り、そこで女たちは困難というのは皆が被るものであり、ペクアも今までこの世界を長い間幸福に楽しんできて、運勢も変わることも十分ありうるとして彼女を慰めた。彼女らは何かしらの善がどこにいるかはしれぬ彼女に降り注ぎ、女主人の方もまた新しい友人を発見し、いなくなった方の代わりがきっと見つかるだろうと述べた。王女は彼女たちに答えなかった。彼女たちはお悔やみの様子をし続けたが、実際はその心では王女のお気に入りが失われたことにそこまで悲しんではいなかった。

　翌日、王子は総督に対して自分の受けた非道な仕打ちに関しての覚書を提出し、その償いとなるものを要求した。総督の方は強奪者たちを罰することを強い威嚇する口調で示したが、実際は彼らを捕まえようとはせず、そして勿論追跡させるための何かしらの説明や指示を下すこともなかった。

まもなく、権威というものには何も期待できないと分かり始めた。統治者たちは実際に罰せられるよりももっと多い数の犯罪を聞き、措置をとれるよりももっと多い過ちを耳にすることに慣れていたので、今いた懇願者がその場を立ち去るとその要求が何であったかすぐに忘れてしまった。

イムラックは私立探偵から何かしらの情報を聞こうと努めた。イムラックは、その者たちの多くがアラブ人の屯する正確な場所を知っていると言い、首長と連絡を取っていて、ペクアを取り戻すための依頼を快く引き受けてくれた。しかし彼らのうち、遠征のために金を支払われた人たちはその後連絡が取れることはなかった。何人かに対しては有益な情報として惜しみなく金が払われたが、後日それが誤りであることに気づいた。しかし王女はどういった手段を取ろうとも決して気落ちすることなく、たとえそれがどれだけ非現実的でも、必ず試行すると決めていた。王女が何かの策を起こしている間は、自分の希望も途絶えていなかった。一つの方策が失敗すれば、また別の方策が提案された。一人の使者が甲斐なく戻ってきても、また別の使者が別の区域へと派遣された。

今や二ヶ月が経ち、ペクアについては未だに何の報せも受け取っていない。お互いに抱き続けようとしていた希望の念も今やどんどん鈍っていき、王女はもはや取れる策が何もないのを感じると、何の慰めもない絶望的な落胆に沈み込んだ。自分のお気に入りにあの時ついて来るように強く命じなかったことに関して王女は自分を何回も何回も責めた。「彼女への愛着によって私の威厳を損なうことがなければ、ペクアは自分が怖がっていることについて伝えようともしなかったんだわ。彼女は亡霊なんかよりも私を恐れるべきだった。私がもっと厳しい様子をすれば彼女も従ったことでしょう。威圧的な態度で命じれば彼女を強制的に従わせることができたはず。どうして馬鹿げた感じで彼女を甘やかそうとしたのかしら?どうして私は彼女の言い分を拒み、ついて来るように命じなかったのかしら？」と王女は言った。

「偉大な王女よ」とイムラックは言った。「自分の徳に関して自分を非難なさるな。或いはたまたま起きた悪に関して故に、それを非難するべきものと思い給うな。ペクアの臆病さに見せた王女の優しさはとても寛大で親切なものでした。我々が自分の義務に則り行動するとき、その成り行きを全てを統べる神の御心に任せるのです。神は相手が誰であれ従順を理由として究極的な罰を与えることは決してありません。もし物質的にしろ精神的にしろ何かしらの利益がもたらされる望みがあるとしても、神が我々に規定した規則からそれが逸脱し、或いは優れた叡智にも従わず、我々にもたらされる結果を全て己が一身に引き受けるのです。人というのは原因と出来事という結果のつながりを完全に把握することはできず、そのため正しいことをするためにあえて道に逸れたことをすることもあり得ます。我々の目的を法に適った手段で達成しようとする場合、自分たちの不運を将来が報いてくれるものとして常に慰められるとしたものです。我々の主義だけを考慮に入れ、正しいことと不正なことの定められた境界線を跨ぐことにより善へとより近づいていこうとするのなら、たとえ目的が達成されても幸福になることはできません。というのも我々が不正を行ったという自意識からは逃れられないからです。しかしその上もし達成できないなら、取り消すことができないほど失望の気持ちがひどくなります。罪の苦悶と、その罪がもたらした災厄によるその人の苦悩によって彼が味わう悲しみは、どれほど絶望的なものでしょうか？

王女よ、もしペクアが王女について行きたいと願うもあなたが天幕にいるように強制し、そして誘拐された時、あなたは今頃どういった気持ちでいるでしょうか。もし彼女をピラミッドへと入るように強制し彼女がそこで死に絶えた時の、あなたの恐怖の苦悶をどのように耐えるおつもりだったのですか？」

「どちらが起きたとしても、私は苦しみでもう死んでいることでしょう。そのような残酷なことをしたという記憶で発狂して苦しみ、或いは自己自身への激しい嫌悪でこの身がやつれたことでしょう」とネカヤは言った。

イムラックは「少なくともこれは、道徳的な振る舞いによって現在与えられている報いであり、どんな不運な結果が齎されようとも我々はその振る舞いを後悔することはないでしょう」と言った。

第三十五章　王女ネカヤ、ペクアに会いたくて身をやつしてしまうこと

かくして何とか身を取り戻したネカヤは、不正を犯したという自己意識がない限りは耐えられない悪など存在しないことを見出したのであった。その時以来、彼女は激しい悲痛で暴力的な想いから解放され、沈黙した内省と陰鬱な平穏さへと身を沈めた。彼女は朝から晩までペクアが行ったことや述べたことについて思い出すことで過ごし、彼女が些細なことにもたまたま価値あると見出したものや一緒に行った偶然的で他愛もない会話も、思い起こされるものは全部大切に胸にしまい込んだ。もう会えないと思っているこの女性がかつて語った意見は、王女の記憶の中に人生の教訓として保持され、遭遇する状態がいかなるものであろうと、そういった場合ペクアならどのような意見と助言を下すかと推測すること以外で知恵を絞るようなことはしなかった。

王女に付き添っていた女たちは彼女の実際の身分を知らなかったので、王女は彼女たちに対して警戒し遠慮がちに話しかけることしかできなかった。彼女は好奇心を以前ほどは抱かなくなり始め、身につけても役に立たないような考えを集めるほどの大きな真剣さを持たなくなった。ラセラスの方は最初は彼女を慰めようとし、その後は彼女の気を紛らわせようとした。王

子は音楽家を雇い、王女はその音楽を聞いているかのようだったが、実際はそうではなく、また様々な芸術を教えるためにその道の巨匠たちを呼び寄せて彼女に講義を行ったが、その後彼女のもとに再度やってくると、結局同じ講義を繰り返すことになった。彼女は喜びの味わいを感じられなくなり、卓越した者になろうという野心も萎んでしまった。彼女も短い旅を続ける必要があったが、その時も自分の友人の姿が精神に思い浮かぶのであった。

イムラックは毎朝王女に熱心に昨日のペクアの行方に関する調査を再度行うように言いつけ、そして毎晩ペクアについて何か聞いたか尋ねたが、返ってくる答えは王女が望んだようなものではなく、そのためイムラックは王女の面前に現れたいと次第に思わなくなっていった。彼女は彼の後ろめたさを観察し、一緒にいるように命じた。

「私がいつまでも結果を出さないことにあなたが不満を持つからといって」と王女は言った。「それがあなたに怒りを抱いているとか、怠慢であると非難しよう思っていると考えてはなりません。あなたが私といたくないのを知っていますが、私はそれほど驚いてはおりません。不幸者は楽しい気持ちでいることは決してないというのを知っていますし、人は皆、惨めさが自分に伝染するのを避けようとするのは当たり前のことですから。その者が惨めだろうと幸福だろうと、不平不満を聞くのは煩わしい気持ちになるでしょうね。たまたま悲しい思いをしているからといって、誰がそれで人生に許された小さく微かな陽気さを曇らせようというのでしょう。或いは自分が被っている悪と戦っている者が、その悪に他人の悲惨さをも付け加えようとするのでしょうか？

今ある時間は、ネカヤの嘆きのため息によってこれ以上誰も浪費するようなものではありません。私の幸福への探求は今や終わりを迎えました。私は世界とそこに見られるご機嫌取りや欺瞞から立ち去り、孤独へと自分を隠すことを決断しました。そして私の考えを整理し組み立て、無垢な営みを絶えず規則正しく行い続けることで自分の時間を過ごすこと以外には注意を払いません。そして世俗的な欲求から私の精神が完全に浄化され、皆が生き急いでいるあの世へと入っていき、そこでまたペクアとの友情を楽しみたいと願っています」

「どうか頭を撤回できぬ決意によって縺れさせないでください」とイムラックは述べた。「或いは自分から悲惨さを蓄積することで人生に更に重荷を背負わないでください。ペクアの喪失について忘れても、隠遁生活のうんざりさは続き更に増加するでしょう。あなたが一つの喜びを奪われたからといって、残りの喜び全てを拒絶していいという理由にはなりません」

「ペクアが私から奪われたので」と王女は言った。「拒否したり保持したりするような喜びはもう残っておりません。愛したり信頼したりする人がいない者は希望することもわずかです。その者は幸福の根本的な原理を欲しているのです。富と知識と善の結合からこの世界の満足が立ち上ると思っているのですが、その中で富というものは誰かに授けることにより効力を発揮し、そして知識もそれが伝えられることによって効力を発揮します。善は誰かと一緒にいなくても堪能できる唯一の慰めもので、一人で隠遁しても実行することができると思うのです」

「孤独でどれほど善を行おうと、或いは発展させようと」とイムラックは応じた。「今ここで議論するのはやめておきましょう。あの敬虔な隠者の告白を忘れないでください。あなたの連れの姿があなたの脳裏から消えた時、あなたはまた世界へと戻ろうと欲するでしょう」

「そんな時なんて、決して来やしませんわ」と王女ネカヤは言った。「私の愛するペクアの寛大な素直さ、謙虚な従順さ、秘密を守る誠実さは、今後私が生き続けて悪徳と愚かさを見る度に、いつまでも惜しむことでしょう」

「突如の災厄で押しつぶされた精神の状態は」とイムラックは言った。「新しく創造された地球に居住することになった寓話上の人たちと似ていて、彼らは初めて夜が来て、辺り一帯を闇が包んだ時、陽が昇りまた明るくならないと考えたものです。悲しみの雲が我々の周りを覆う時、その雲の向こう側は何も見えず、またその雲がどう追い払われるかについても想像もできません。しかし夜の後には新たな日がやってきたし、長いと思われる悲しみにも安堵という夜明けがやってくるものです。しかし快を受容しようとするのを拒む者は、野蛮人が行ったように辺り一帯が暗闇である時に自分たちの目をくり抜くようなものです。我々の精神は我々の肉体と同じく、絶えず流転している状態にあります。何かが毎時間喪失され、それと同時に何かが獲得されます。一度に多くのものを喪失するのは肉体と精神の両者にとって不利益なものでありますが、生命力が害されない状態に未だにあるのならば、自然は回復するための方策を講じてくれます。距離というものは目と同じく精神にもちぐはぐな効果をもたらすものでして、我々が時の流れに乗って進んでいる時、後ろに残していくものはどんどん見えなくなっていきます。逆に近づいてきているものはその大きさが次第に増加するように感じられるようになるのです。人生を停滞させるかのように苦しまないでください。停滞すると動こうと思っても泥にいるように鈍くなっていきます。世界の流れに再び身を委ねなさい。あなたの中にいるペクアも次第に薄くなっていくでしょう。このまま生きていけばまた別の誰かのお気に入りに巡り会うかもしれませんし、或いは一般的な社交で楽しむ術を身につけるようになるかもしれません」

「少なくとも、あらゆる方法を試し尽くすまでは絶望してはならない。不幸な女性に対する捜査はまだ続いており、今後もより一層の勤勉性とともに継続されていき、撤回できないような決断を下す前に、一年の間どういう事態になるかを待ってくれると約束してほしい」と王子は言った。

王女ネカヤはこれを尤もな要求だと思い、イムラックの助言により提案した自分の兄のその言葉に従うと約束した。無論、イムラックはペクアを取り戻すことに大きな期待をしていたわけではないが、一年間時間を稼げば王女は修道院に身を隠す虞もなくなるだろうと推測したのであった。

第三十六章　ペクアが忘れられず、悲しみの続くこと

自分のお気に入りのペクアを取り戻すための考え得るあらゆる方策を今後も取り、そして隠遁しようという決意もひとまず先延ばしにしたので、ネカヤは僅かなものであるにしろ日常の営みや喜びを感じられるようになった。喜ぶ時も彼女は悲しみを絶やさない気持ちでいて、そして決して忘れはしまいと誓っていたはずのペクアを、時折自分が思い出すことがなくなっている自分に対して怒りに囚われたこともあった。

そして彼女はペクアの素直さと美点に関して瞑想する特定の時間を一日において設定し、そして数週間は決められた時間に定期的に孤独へと引きこもり、再び姿を現した時には目が腫れていて、顔つきも陰鬱になっていた。その習慣も次第におざなりになっていき、重要だったり緊急性のある用事をこなさないといけない時は、ペクアを想って涙を流すことも後回しになっていった。そして彼女は大して重要でもない用事の方も優先させるようになった。彼女はあれほど彼女のことを忘れるのが怖かったのに、ついには定期的に義務として定めていたペクアへの嘆きの哀愁で引きこもって物思いに耽るのも行わなくなった。

しかし彼女のペクアへの愛はまだ完全に消え去ったわけではなかった。遭遇する無数の出来

事が彼女に関する記憶を思い起こさせ、そして友情という親密さのみによって満たせる欲求を王女が無数に抱き、それによって彼女を頻繁にペクアのことで懐かしい気持ちにさせるのであった。それ故王女はイムラックに対して、決してペクアの捜査をやめてはならず、取れる策があるのなら全て行うことを懇願し、少なくとも自分がペクアを取り戻すことに関して冷淡だったり怠慢であったりしたとして苦しむことがないように慰めを見出そうとした。「しかし」と王女は言った。「幸福の探求において、幸福そのものが悲惨さの原因であるこういった状態においては、一体何が期待できるというの？得られることが確実でもないのにどうしてそれを獲得しようと努力するのかしら？どれほど華麗で、どれほど素直で、どれほど優しくともそういった優れたものを今後私の心は得ようと望もうとしない。私はこれらをペクアにおいて失ったけれども、所有しなければまた失うことはないのだから」

第三十七章　王女、ペクアに関する情報を耳にすること

七ヶ月後、あの約束を王女が交わした際に派遣された一人の使者が戻ってきた。彼は多数の実らぬ歩きの捜査を行ったあと、ヌビアの境界においてペクアはアラブの首長の手にあるという報告を持ってきて、その首長というのはエジプトの最果てに城或いは砦を所有しているとのことだった。略奪することが収入源であるそのアラブ人たちは、金二十オンスと引き換えにペクアと二人の同伴者を返そうというのだった。

王子はこれについてあれこれ議論するつもりはなかった。王女は自分のお気に入りがまだ生きていて、それほど多くない身代金を払えば取り戻せると聞いて恍惚な状態になった。ペクアと自分自身の幸福を引き伸ばすことは微塵にも考えられず、ただ自分の兄に要求された金額を持たせて使者を送り返すことを懇願した。この話を聞いたイムラックは、この使者の報告をかなり疑わしいと思っていて、更にアラブ人の誠実さについてはもっと疑っていた。そのアラブ人をあまりに信用しすぎると、身代金とペクアの身の両方を奪い取られてしまうかも知れないからだった。イムラックは自分たちがアラブ人の区域へと赴き彼らの支配地に下ることは危険だと考え、そして盗賊が提督の権力によって囚われるかもしれないのに平地帯へとわざわざ

やってくれるとは考えられなかった。

双方とも互いに信頼していない交渉を行うことは難しい。しかしイムラックはしばらく考え込んだ後、使者に対してペクアが十人の騎手に引き連れられて上エジプトの砂漠にあり、同じ数だけの人が待機している聖アントニオス修道院へと案内するようにとアラブの首長に提案するように言いつけ、そこでペクアの身代金が払われるようにした。

この提案が拒否されないものと思ったのでぐずぐずしてはいけないと思い、一行は修道院の方へとすぐに出発した。そしてそこに到着したら、イムラックは前の使者と一緒にアラブ人たちが屯する砦へと行った。ラセラスも一緒に行きたがったが、妹もイムラックも同意しなかった。アラブ人は自国の慣習に基づき、自分たちの管轄区域にやってきた者に客もてなしの掟に少しも背かずに歓待し、そして数日後ペクアと彼女の二人の召使いたちを楽にさせるよう気遣いながら指定された場所へと連れて行った。そして予め決められた金額を受け取ったら、アラブ人は彼女たちを恭しく自由の身として友人たちに返した。更に強盗や暴力といったあらゆる危険に遭遇しないようにカイロへと護衛する形で同伴して引き連れた。

王女とお気に入りは筆舌に尽くし難いほどの激しい様子でお互いを抱擁し、一緒に内密に愛情による涙を流すために外出し、互いの親切と感謝を言い合った。数時間したら、彼女は修道院の食堂へと戻り、そこで修道院の長と信者たちが居合わせる中で王子はペクアに誘拐された後どういった境遇にあったのか、その話を言うようにせがんだ。

第三十八章　侍女ペクアが危難の身の上話を語ること

「いつ、どんな方法で、私が連れ去られたかは王女様の召使たちからすでに聞かれたことでしょう」とペクアは言った。「この出来事はあまりに突然だったので私は驚きで胸を打たれ、最初は恐怖や悲しみとかで気を乱したというよりも、呆然となったのです。私を捕まえたアラブ人たちが、追跡してくるトルコ人にすぐに捕まってしまうと絶望したり彼らが脅かすような様子を見てとったので、彼らを振り切ろうとすごい速さで乱暴に馬を進めていくので、私の呆然とした気持ちは更に増していきました。

アラブ人たちが何とか安全なところまで逃げたと判断したら彼らは速度を落とし、それによって私の周りがだいぶ落ち着いたので、逆に不安な気持ちが募っていきました。しばらくしたら、一行は穏やかな牧草地に生えている樹の木陰にある泉で止まり、そこで地面に座り、隊長もとっていた飲食物をいくつか提供してくれました。他のアラブ人たちと離れて私の召使たちと一緒に座ることが許され、彼らの誰もが私たちを慰めようとも傷つけようともしませんでした。ここで私は初めて自分の置かれている悲惨な境遇を完全にこの身に感じました。女たちは咽びながら黙って座っていて、時折私に助けてくれという目線を投げました。今後私たちの運命はどうなるのか全くわからず、またどういった場所で囚われるのか、いつになったらこの身が解放される見込みが立つのかも見当もつきませんでした。私は強盗と未開人たちの手に落ちていて、彼らの正義よりも私を憐れむことを優先させたり、自分たちの猛烈な欲望や気まぐれな残虐性を満たして満足するのをやめるなどとはとても思えませんでした。しかし私は自分の召使たちにキスをし、まだ私たちは丁寧に取り扱われていて、トルコ人からはもう逃げ切ったから私たちの生命を脅かすようなことはしないとして彼女たちを宥めた。

馬にもう一度騎乗させられると、召使たちは一緒に離れたくないとして私にしがみつきましたが、私は自分たちを支配下に置いている者たちを怒らせないように命じました。残りの一日を人気がなく道もない地域を歩き渡り、月が浮かぶ頃に丘の側面に着きました。そこでは残りのアラブ人たちの隊が待機しておりました。彼らの天幕が建てられていて、火も灯されており、そこにいた首長は家来たちに大いに愛されていた人物として戻ってきたのを歓迎されました。

私たちは大きな天幕へと入れさせられ、そこでは夫たちが遠征する際に同伴した女性たちがいました。彼らは私たちの前に用意した夕食を運んできて、私はそれを自分自身の食欲を満たすためというよりも自分の召使たちも食べるように促すために食べました。料理が運び去られたら、彼らは休息のために寝床を敷きました。私は疲れ果てていて、睡眠によって疲労を回復させるという自然がほぼ確実に叶えてくれるはずのことを願いました。そのため服を脱ぐように自分に命じましたが、天幕にいた女性たちはとても熱心に私の方を見ていて、私が言われるがままにこの場所に来たわけではないことを見て取っているかのようでした。私が上のシャツを脱ぎとったら、彼女たちは私の付けている服の華麗さをみて明らかに驚いた様子をして、その内の一人が恐る恐るシャツの刺繍に手を置きました。すると彼女は天幕から出て行って、間もなく他の女性を連れて帰ってきて、どうやらその人はもっと高位な身分でより大きい権力を持っているかのようでした。彼女は入ってくるとともに、慣習的なお辞儀を恭しくした上で私の腕を握り、私をもっと小さい天幕へと連れていきました。そこではもっと良さそうな絨毯が敷かれていて、私の召使たちと静かな夜を過ごしました。

翌朝、私が草むらの上に座っていると、隊の長が私の方へとやってきました。私は立ち上がって彼に会釈し、彼は多大な丁重さでお辞儀をしました。『輝かしい女性よ』と彼は言いました。『私の運勢は期待していたよりも良いものになりました』。『どうやら』と私は答えました。『そちらの女性の方とあなたは思い違いをしているようです。私は王女などではありません。私は本来この国からすぐに出ようと思っていたけれども、今では永遠に捕らわれている身である不幸な余所者です』

『あなたが誰でどこから来たにせよ』とアラブ人は言いました。『そちらの衣装と抱えている召使たちからあなたが高い身分の者で裕福な身の上だということをお見受けする。どうしてあなたは身代金をいとも簡単に払える身分なのに、永遠に囚われている境遇に陥っていると思っておられるのか?私の略奪行為は私の富を増やすために行っているのであり、もっと的確に表現するのなら貢物を集めるためだ。イシュメールの息子たちがこの大陸における当然の世襲支配者ながら、後から来た侵略者や生まれの卑しい暴君たちに国を奪われている。そいつらから我々は正義によって拒まれている者を剣によって取り上げなければならないのだ。戦における暴力は相手を選んで行使されることはない。不正だが力を有して振り上げられた槍は時折無垢な者や親切な者にも降り注ぐこともあろう』

『そんなこと』と私は言いました。『昨日の私ならどれほどこの身に降り注ぐことを予期していなかったことでしょう』

そのアラブ人は言いました。『不運というのは常に予期するべきものだ。もし敵意を持つ目が敬意や同情することを覚えれば、そちらのような高貴な者は害されることはなかったであろう。だが苦悶の天使は己の武器を有徳な者にも悪徳の者にも、権威ある者にも卑賤な者にも広げるのだ。絶望しなさるな。私は砂漠における無法で残酷な者の一人ではない。私は文明社会における生活というものを知っておる。私はお前の身代金を設定して、あなたの使者に通行許可証を渡し、条件としての要求金額をしっかり履行してもらおう』

私がこの者の慇懃さを快く思ったといえばすぐに信じてくれるでしょう。そして彼が最優先と感じているのはお金を獲得することだったので、自分の境遇がそれほど危険なものではないと思い始めました。というのも私を解放するために要求する金額の合計がいかなるものであれ、王女様一行にとってはその金額が大きいものと思うことはないだろうと考えたからです。もし親切に取り扱われれば、恩知らずだと責める謂れはないと私は述べ、そして世間一般の召使に対して要求される身代金ならいかなる額であれ払われると言いました。しかし彼が私を王女と看做して接することに固執してほしくない、とも言いました。すると彼は自分の要求すべき金額について考慮すると言い、そしてほほえんでお辞儀をして去っていきました

「やがて私のところに女性たちがやってきて、他の女性も熱心に私に尽くそうと世話をして、私の召使たちも丁重に取り扱われました。私たちは短い距離をとりながら進んで行きました。四日目に、私の身代金は金二百オンスになると首長は言いましたが、私はそれを約束し、更に私と召使たちを立派に取り扱ってくれればそれにもう五十加えても良い、と言いました。

私は今ほどお金の力を感じたことはありませんでした。その時以来、私は隊の長だったのです。毎日の行進の距離も私の指示次第でしたし、私が休みたいと思ったところに天幕が張られました。今では駱駝や旅に便利なその他のものもありましたし、女性たちも私の側にいて、流浪の民の風習を観察したり古代から残る建物や遺跡を見て楽しみました。ここら辺一帯は今では人気のない所ですが、かつて昔は立派な建築で煌びやかに装飾されていたらしいです。

隊の首長は学識がない人物ということは決してなく、彼は星や磁石を頼りに旅することができ、遠征の最中も道に迷ったりした場合は、通行人が最も価値のある場所だと看做す所にことごとく印をつけていました。彼は私を観察して、アクセスの不便さから少しだけ人気があるような場所こそ建物は最善の形で保持されるのが常だと述べました。というのも国が当初あった

華やかな状態から一旦衰退していくと、居住者たちが去れば去るほど、早く廃墟が出来上がるからだ、とのことでした。壁は石切場よりも効率よく石を供給し、そして宮殿や寺院も破壊して花崗岩の厩を作ったり斑岩の小屋を建てたりできる、とも述べました」

第三十九章　ペクアの苦難話の続くこと

「首長が言ったように、私の満足のためか、或いはむしろこちらの方が正しいのですが、彼自身にとって都合が良いのか、ともかくこのような具合に数週間彷徨い歩きました。塞ぎ込んだり憤慨したりしたところで無駄だったのでできるだけ満足した様子でいることに努めましたが、その努力は私の精神を落ち着けるのにも有益でした。しかし私の心にはネカヤ様の姿が常にあって、夜に何かトラブルが生じれば日中の楽しみを大いに台無しにしました。主人である私に最大限の注意を払っていた付き添いの召使たちは、私が丁重に扱われているのを見てとると心が落ち着き、心配や悲しみもなく私たちの疲労が癒される機会があれば、その度ごとにそれに身を委ねることができました。私は彼女らが快い気持ちでいるのを見て安心し、彼女たちが自信をつけて私を信頼しているのを見て取り、私も元気を取り戻しました。私の置かれている境遇は恐怖となるべきものは相当になくなりました。というのもアラブ人たちが国中を歩き回っているのは単に富を得るためだと分かったからです。貪欲というのは画一的で扱いやすい悪徳です。貪欲以外の精神上の病はその人の気質が変われればその形も変わります。あるものはその人の誇りですが、それが別の人だとプライドを害することもあります。しかし、貪欲な気質の持ち主ならば、その働き方はわかりやすく、つまり金を持ってさえくればあとは何も問題はないということです。

そして首長の住処にたどり着いたわけですが、そこはナイルの島に建設された石造りの堅固で広い建物で、島というのはちょうど回帰線直下にあると教えられました。『女の方』とアラブ人は言いました。『旅も終わったのでここで数週間休むといいだろう。ここを自由に使ってくれて構わない。私の仕事は戦にある。故にこの目立たぬ場所を住処として選んだ。人知れずここを出ては誰にも追跡されずに帰ることができるからな。そういうわけで安心して休息を取ることができるだろう。ここにいても楽しいことはあまりないが、少なくとも危険はないのだ』。すると彼は私を建物の内部の部屋へと案内し、最も豪華な寝台へと座らせ頭を床まで下げてくれました。私を競争敵として看做した女たちは、私に悪意の眼差しを向けました。しかし私が単に身代金だけのために拘留された高位な婦人だと知らされたら、へつらいと敬意を私に表すべくお互い競い合うようになりました。

早いうちに解放されることが新たに保証されたことに安堵したので、私はこの新鮮な場所で不安な気持ちから数日間解放されました。住処に備えられていた小塔からは地域一帯を遠くまで展望でき、川の流れのうねりの光景が多数日に入ってきました。太陽の位置によって見晴らしの素晴らしさが変幻したので私は色々な場所へと歩いていき、今まで見たことのないたくさんのものを見ました。この人気のない地域では鰐や河馬が生息しているのがよく見かけられ、私を害することはないと分かっていてもそれらを見ると怯えてしまいました。時折イムラックが以前教えたくれたように、ヨーロッパからの旅人がナイルに棲息すると伝えたという人魚やトリトンも見られるのではないかと期待しましたが、そのようなものは全く目にしませんでした。そしてこのことをあのアラブ人にいうと、騙されやすい人だと笑われました。

夜になるとそのアラブ人は私を天体観測のために離れた場所に建てられた塔へと連れてってくれ、星々の名前や運行について教えてくれました。私はこういった学問に興味はありませんでしたが、教えてくれているこの人はこの分野において卓越していると考えていたので、その彼を満足させるために表面上は注意を払っている必要がありました。そしてこの住処にきて少ししたら、時間の退屈さを紛らわすために何かすることを見つけないといけないと思いました。というのも私の周り一帯には何ら変化もなくいつも同じものしかありませんでしたので。夜にうんざりして目を逸らした対象をまた翌朝に見なければならないことにやはりうんざりしました。それゆえ、何もしないよりは星を観察する方がましだと思うに至りましたが、でもそれでも必ず落ち着いた状態でいられるわけではなく、私が空を見て物思いに耽っているものと他人が思っている時、私はネカヤ様のことについて思い巡らせていました。アラブ人がまた新な遠征へと出発していった時、私の唯一の楽しみは召使たちと誘拐されたことと、身が解放された場合に味わう全員の幸福に関して話すことくらいしかありませんでした」

「そのアラブ人の砦に女たちがいたというのなら」と王女は言った。「どうして彼女たちをあなたの仲間に加え、会話を楽しんだり彼女たちの娯楽に自分も入らなかったの？彼女たちは務めや娯楽があったというのに、どうしてあなたは怠けたような憂鬱さで一人座っては体を悪くしていたの？それに彼女たちはそこに一生居続けないといけず、一方あなたはたった数ヶ月だけいればよかったのに、どうしてそれだけでも我慢できなかったの？」

「女たちの娯楽というのは」とペクアは言った。「子供じみた遊びに過ぎませんでした。もっと骨の折れる職務に慣れている者にとってはそういったことに熱中することは無理です。彼女たちが楽しんでやっていたことを私は上の空で流し、一方で私の精神はカイロの方へと働かせていました。彼女たちは鳥が籠の網から網へと飛び跳ねていくように、部屋から部屋へと走り回っていきました。羊が牧草地で跳ねるように、ただ意味もなく体を動かし踊りました。或いは一人が怪我をしたふりをして他のものを困惑させたり、身を隠し他の者たちに自分を見つけさせようとしました。或いは川に浮かんでは流れていく軽い物体を見たり、雲が崩れて様々な形になるのを守ったりして時間を過ごしました。

彼女たちの仕事といえば針仕事くらいであり、それを私や召使たちがたまに手伝ってやりました。しかし指の動きと心が別々にあったのは王女様もご存知でしょうし、自分が囚われの身にあり王女様から離れ離れになっていることの絶望は、絹製の花模様なんかではとても慰められるものとは思いますまい。

また、彼女たちの会話からも何か我が身を満足させることも期待できませんでした。いったい彼女たちが何について何のために話せるというのでしょう?彼女たちは今まで世界について何も見たことがないのです。彼女たちはこの狭い場所でずっと幼い頃から生きてきたのですから。見たことがないことについては当然知識もなく、そして文字を読む能力もありませんでした。彼女たちの目に入る狭い世界以外に関する観念は何もなく、そして自分たちの服と食べ物以外に、事物の名称についてほとんど何も知りませんでした。私が彼女たちに比べて優れた性分だったので、彼女たちの口喧嘩を仲裁するために呼ばれることもしばしばありましたし、その際はできる限り公平になろうと努めていました。互いが互いに述べる不平不満について何か面白味があればまだその長話で身を紛らわすことができたかも知れませんが、彼女たちの敵意の原因となったものがあまりにもくだらないもので、その不満をさっさと切り上げずにはいられませんでした」

「一体どうして」とラセラスは言った。「並々ならぬ業績を立てたとお前が述べたアラブ人がそんな愚かな女たちしかいないような自分の後宮で心地よく過ごせるというのだ?彼女らはとても美しいのか?」

「確かに彼女たちは美しいですが、陽気さや荘厳さもなく、また無思慮で徳の威厳の欠片もない、何の感銘も受けないような浅ましい美であり、そういうものなどアラブの隊長である彼にとって望んでいるものではありません」とペクアは言った。「アラブ人のような男にとってはそういった美貌は花を気まぐれに摘んではぞんざいに投げ捨てるような代物でした。彼女たちにどのような喜びをあのアラブ人が見出したのかは知りませんが、彼女たちは何か友情とか親しい関係をもたらすような人たちではありませんでした。彼女たちが戯れているのをあのアラブ人は大して気にも留めないような優越感で眺めていました。アラブ人の注意を引こうと彼女たちが競い合うと、彼は嫌悪感を抱きつつ去っていきました。彼女たちは知識がありませんでしたから、生活の退屈さを紛らわすこともできませんでした。彼女たちには何か他を凌ぐような美点もありませんでしたから、彼女たちの素直さ、少なくとも表面上の素直さも、彼にとって感謝を抱かせたり虚栄心をくすぐったりするものでもありませんでした。他の男を見たことがないような女の微笑みを見て自分の価値を感じて有頂天になるようなこともなく、またそのような眼差しで何か施してやろうと思いませんでした。というのもそれが本心かどうかはわからず、彼を喜ばせるためというよりも自分の競争敵を出し抜いてやろうという動機から来るものだと彼はしばしば考えていたようだからです。彼が与え彼女たちが受け取った愛の印は、暇な時に特に意味もなく与えたようなものに過ぎず、そういった類の愛は相手を軽蔑していたとしても与えられるような愛であり、そしてその愛には希望も恐れも、喜びも悲しみもないものでした」

「そちらがかくも簡単に解放されたことは」とイムラックは言った。「自分を幸福な身だと考えるのは自然です。一体どうして、知識を渇望して知性的なものに飢えている程の者なのに、ペクアと会話するというご馳走を自分から手放したのでしょうか？」

「私の考えですが」とペクアは言った。「彼はどうも私を手放すのを時折ためらっているようでした。彼は私に約束はしましたが、私がカイロに使者を派遣することを提案する度に彼は何かしら口実を設けては先延ばしにしました。私が彼の家に拘束されている時、彼は近隣の地域へと侵略しに出かけ、もし彼が略奪した物が自分の望みに適う物であったなら私を解放することを拒絶したと思っています。彼はいつも礼儀正しく帰還してきて、自分の行った冒険について聞かせ、私が観察したことを耳にして喜び、私が星に関してもっと造形が深くなるように熱心に教授しました。私が彼に手紙を送付することをしつこく懇願したら、いつかは送付すると自分の誠実性と信頼性を述べながら私を宥めました。そしてこれ以上私の要求を丁重に断ることができないと見ると、自分の隊を再度動員させ、彼が留守の間はまたもや私にその住処を管理することを言いつけました。このような策の込んだ先延ばしに私は大いに苦悩し、私はいつか忘れ去られるのではないかと不安になりました。あなたがたがやがて私を残してカイロを去り、私の残りの人生はナイルの島で終わってしまうかと思っていたのです。

ついに私は絶望に陥り落胆しました。そして彼を楽しませようとほとんど思わなくなり、彼もしばらくの間私の召使たちの方とより頻繁に話すようになりました。彼が彼女たち或いは私と恋に落ちることは破滅的な効果をもたらすことでしょうから、このように相互の間に友情の念が増大していくのは好ましく思いませんでした。しかし私のこの懸念は長くは続きませんでした。というのも、私が自分の陽気さを幾分なるとも取り戻すと、彼は私の方に戻ってきたからです。そして私が以前感じていた不安な気持ちを軽蔑せずにはいられませんでした。

しかし私の身代金のために使者を派遣するのはまだ先延ばしにしていて、もしかしたらあなた方の送り込んだ密偵が彼を見つけられなかったらいつまでも先延ばしにしていたことでしょう。彼が自分から取りに行こうとしなかったお金も、それが提供されたら拒絶することはできませんでした。なので、心の葛藤から生じる苦痛から解放された人のように私たちが出発する支度を彼は急いで行いました。そしてその住処にいた女たちと別れを告げて出発しましたが、彼女たちは冷淡な無関心で私を送り出しました」

自分のお気に入りの話を聞いた王女ネカヤは、立ち上がり彼女を抱擁した。そして王子ラセラスは金百オンス渡し、それから彼女はアラブ人に約束していた五十オンス分を贈与した。

第四十章　ある学者の身の上話のこと

一行はカイロへと戻り、また一緒になれたことをとても嬉しく思い、誰も外出しなくなった。王子は学問を学ぶことが好きになり始め、ある日イムラックに対して自分は学問に身を捧げ書物を一人読み耽ることによって残りの人生を過ごそうとしていると告白した。

イムラックは言った。「最終的な決断を下される前にその行いの危険性について検討するべきでしょう。そして同じように人生を過ごしている一同の何人かと話をするといいでしょう。私はちょうど今、世界で最も学識あるとされる天文学者の観測所から帰って来たばかりで、彼は天文の惑星の動きや様子を四十年間絶やすことなく研究し続けている人物で、果てしない計算に身も心も尽くしてきた人物です。彼は一ヶ月に一回、自分のところに数人の友人を招いて自分の推論を聞かせたり新たな発見を知っては楽しませたりしています。私はその人の知り合いになるに値する学識ある者として紹介されました。多様な考えや雄弁な会話能力を持つ人たちは、ある一つの物事だけに長い間固定的に注力し、他の物事が自分の頭の中から消えかかっていると感じている人たちにとっては歓迎されるものなのです。私の意見に彼は喜び、私の旅の身の上の話に彼は微笑み、星座のことはしばし忘れ下界へと降るのを嬉しがっていました。

次の面会日にも私は彼を訪ね、幸運にも彼をまた楽しませることができました。自分が毎日課している厳密な規則をその時から緩め、いつでも来てもいいという許可を私に与えてくれました。彼はいつも忙しいようで、それから解放されるのにほっとしていました。お互いについて熱心に知りたがっていることを知っていたので、大きな喜びを以てお互いの考えを交換しました。日ごとに彼が私のことを好きになってくれるのが感じられましたし、私も私で彼の深い知識について毎回驚嘆しました。彼の理解力はとても広く、記憶力も抜群で、話し方も論理的で、そしてその表現も明晰です。

彼の誠実さと気の良さは彼の学識と同じ程度にあります。彼の最も深遠な研究や最も励んでいる学問も、自分に助言や援助を乞う者がいればいつでも中断しました。どんなに引きこもっていても、そしてどんなに忙しくとも、彼の助けを乞うことは許されていました。『私は怠惰や喜びを排除するが、私は決して慈善を拒絶するために自分のドアを閉ざしたりはしない。人は空を見て熟考することができるが、道徳の実行は義務なのだ』と彼は言ったものです」

「間違いなく、その男は幸福なのだろう」と王子は言った。

「私は彼のところに」とイムラックは言った。「もっと足繁く通うようになり、毎回毎回彼との会話により惚れ込むのです。彼は崇高な性格ではありますが傲慢ではなく、礼儀正しいですが形式ばったところもなく、社交的ながら何か見せびらかしたりすることもありません。偉大なる王子よ、私も最初はあなたと同じく人類の中で最も幸福な人だという意見で、彼が享受している恵みを祝福しました。彼はそんな自分の境遇への賛辞にだけは無関心な様子で応対し、何かありきたりな答えをしたらまた何か別の題目へと話を逸らしました。

こうしてお互いに喜ばせては喜んだりしている付き合いの中、私はふと何か苦しい思いが彼の精神を圧迫していると直感しました。彼は太陽に向かって熱心な様子で顔を上げたり、会話の最中に沈んだ口調になることがしばしばありました。私たちが二人っきりの時に彼は時折、何か口にして私に伝えたいたような様子だけれどそれを決断しきれないような感じで、黙り込んで私を見つめました。急いで来るようにと私に使いをよこしましたが、私がいざ来ると、特に何か私に言うのでもありませんでした。そしてたまに、私が彼から立ち去ろうとしている時、しばし私を引き止めましたが、結局私を引き離しました」

第四十一章　天文学者、自分の苦悩の原因について知らせること

「ついに彼が隠しきれず心の苦悩を暴露してしまう時が来ました。昨夜一緒に彼の家にある小塔に座っていて、木星の衛星の一つが出現するのを眺めていました。すると突如嵐が起こり空を曇らせ、私たちの観察を遮りました。暗闇の中しばらく沈黙したまま座り込み、そして次のような言葉を私に投げかけました。『イムラックよ、私の生涯の中で君との友情を最も大きな祝福だと看做している。高潔さなき知識は弱く無益であり、知識なき高潔さは危険で恐るべきものだ。私は君に人として信用できること、つまり善意や経験、不屈さという必要な条件を全て見出していると思っている。私はかなり前からある仕事を依頼されているが、自然の定めによりしばらくしたらそれを放棄せねばならない。痴呆状態になったり苦痛で遂行が不可能になった時、君にその仕事を引き受けてもらいたいのだが』」

「この告白に私は大きな名誉を感じ、そしてあなたの幸福に寄与できる事なら私の幸福も増加させるものとして喜んで引き受けましょうと答えました」

「『信じがたい話かもしれないがどうか聞いてくれ、イムラックよ。私は五年間、自分の裁量で天候を操作し四季を配分する力を握っているのだ。太陽はわが命に従い、回帰線から回帰線

へと私の指示の下、動いていった。雲も私の命令により水を大地へと注ぎ、ナイル川が氾濫したのも私の指示によるものだった。天狼星の怒りを抑え、蟹座の熱烈さを宥めているのも私だ。あらゆる自然の力の内、風だけが私の権威ある命令を拒み、昼夜平分の嵐により多数の死者が出て、私はそれを禁じたり抑制することができないのだ。私はこの偉大なる職務を極めて公平に今まで遂行して来て、地球上の様々な国家に雨と日差しを公平に分配してきたのだ。もし私が雲を特定の地域だけに限定し、或いは赤道の片側だけに太陽を専有させたなら、地球の半分はどれほど悲惨な目にあったことだろうか？』」

第四十二章　天文学者、己の主張を説明し正当化すること

「その部屋は暗かったのですが、私が驚いて信じられないという様子を何かしらしているのを見てとったのでしょう、少し喋るのを停止したらまた次のように話し始めました。

『君が私の話を簡単に信じてくれないのに、私は驚いたりも傷ついたりもしないよ。というのもおそらく私は人類で初めてこういった能力が授けられると信頼された人だからだ。そしてこのような類い稀な能力を何かの報酬や或いは罰としても思ってはいない。というのもこの力を手に入れて以来、以前に比べてはるかに不幸になったのであり、常に地球の気候を管理しなければならないので神経質にどうしてもなってしまい、それでもなおやり遂げられてきたのは私の善意に他ならない』

『えーと、そのような偉大なる職務はいつから行えるようになったのですか？』と私は言いました。

『十年ほど前からだな』と彼は言いました。『毎日空の模様の変化を観察していたのが日課だったが、ある時もし地球の気候を変えられる力を持っていたならば世界の人々にもっとはるかに実り多いものを提供できるのではないかと思い始めたのだ。こういった考えが私を捉え、

そして空想の世界に昼も夜も居座り、あの国やこの国に恵みの雨を降らし、その注がれる雨に比例した相応の日光も注ぎより恵み深くさせている自分を思い描いた。ただあくまでこういった善き意図があっただけであり、実際にこういった能力が獲得できようとは夢にも思ってなかった。

ある日、私が暑さの激しい不毛な平野を眺めていた時、私は南側の山々に雨を降らせ、ナイル川を氾濫させられるのではないかという思いが突如芽生えた。そして私の空想に急き立てられて雨が降るように命じた。そして実際にナイル川が氾濫した時間と私が命令した時間を比べてみると、空の雲たちが私の言葉を聞いてくれたのだということが分かったのだ』

『しかし雨が降るほど氾濫したのは他の原因かもしれないじゃないですか。ナイル川はいつも決まった日に満ちるわけではないですし』と私は言いました。

『そんな反論で私を論破できると思わないでくれ給え』と彼は苛立ちながら言いました。『私は自分のその確信を長い間吟味し、最大限の持続を以てその確信が真実であると探求したのだ。私は時折自分がおかしくなったのではないかと思い、君のような不可能と神秘を、そして誤りと奇跡を区別できるような男以外にはこの秘密を洩らそうとしなかったのだ』

『しかしですよ、あなたは真実だと知っている、或いは知っていると思っているのにどうしてそれを奇跡と呼んでいるのでしょうか』と私は言いました。

『なぜなら』と彼は言いました。『外的な証拠では証明できないからだ。私は証明における原則は十分に承知しているつもりだから、私が確信しているといっても、それがその確信の強さを意識していない他人にまで作用するとは思っていない。私の確信の真実性は、論争によってそれを証明するようなことは控えたいと思う。私が自分のこの力を感じ、長い間有しているその力を毎日行使しているというだけでその証明は十分なのだ。だが人生というものは短いものであり、年齢を重ねていくことにより私の活力が衰えていくのが感じられ、やがて毎日の監督者も塵となって消えてゆく時が訪れるだろう。私の後継者を選ぶことが長い間私の憂慮の種であった。昼も夜も私が今まで知り合った人たちを比較することによって過ごしてきたが、君ほど私の後継者として相応しい人物は出会ったことがない』

第四十三章　天文学者、己の指示をイムラックに伝えること

「『というわけで私が君に伝えることを、世界が必要とする恵みとして注意を払いながら聞くのだ。もしたった数百万の民しか世話をしなくてよく、それほど利益や損害をもたらさない王の職務が困難なものと看做されるなら、世界の自然の作用と光と熱という偉大な恵みの運営を監督する者はどれほどストレスでいっぱいになることだろう！故に注意して私の話を聞いてほしい。

私は勤勉に努力して地球と太陽の位置について色々考えてきた。そしてそれに基づきそれらの位置を変えるための無数の計画を立ててきた。地軸の向きを少し変えてみたこともあったし、太陽の黄道を変えてみたこともある。しかし世界がさらに益するような配置を思いつくのは無理だと結局分かった。考えつくどのような方法を取ろうとも、ある一つの地域が利益を被ればその分他の地域では損害が生じるのだ。譬え我々が知らないような太陽系の遠い部分についてのは考慮に入れなくとも、だ。それ故、お前が毎日天候を管理するときは何か革新的なことを行い、誇りを衒うようなことはしないでくれ。或いは四季の秩序を乱したりして、自分が後世の時代永劫にその名前を残そうと思って有頂天になったりしないでくれ。損害をもたらして名前

が人々に記憶されてもそれは望ましい名声とは言えまいて。ましてや親切心や利益によって名前が記憶されることはもっとない。決して他の国に本来降り注ぐはずだった雨を奪い、自国に振り注がせてはならない。我々にとってはナイル川で十分に事足りているのだからな』

この能力を所有するとき、決して揺るがない高潔さで使いましょうと私は約束しました。そして彼は私の手を握りながら立ち去らせました。『ようやく安息を見出したのであり、私の善意は決してその安息を乱すことはないだろう。私は叡智と道徳を持つ男を見つけ、その者に太陽の遺産を快活に譲渡することができるのだ』」

王子はこの話を非常に神経な面持ちで聞いていたが、王女の方は微笑み、ペクアは笑い転げた。「婦人方」イムラックは言った。「人間の最も重い苦悩を嘲るのは慈悲も知性もないものです。あの男の学識に比肩できる者は世界にほとんどおらず、そして彼の徳を実践することも同様です。しかしこの人の被っている災厄は誰でも被ることがありえるのです。我々の置かれている境遇の不確実さにおいて、最も恐ろしくそれ故に警戒心を配ろうとしなければならないのは理性の今後の継続が不安定であるということです」

王女はふっと悟り、彼女のお気に入りは恥じ入った。もっと深く感銘を受けたラセラスは、そのような精神の錯乱は頻繁なのか、そしてどのようにしてそれが生じるのかをイムラックに尋ねた。

第四十四章　想像力の蔓延ることの危険なこと

イムラックは答えた。「知性の錯乱というのは、人間の表面的な部分しか観察できない者が思うよりもずっと頻繁に起きていることです。もしかすると、私たちが厳密な正確さでこの点について言及するのならば、どの人間の精神も正常な状態にあるとは言えないでしょう。どの人間も自分の想像力が自分の理性を時折圧倒するでしょうし、また自分の意志のみによって自分の払う注意を制御したり、自分の持つ観念を自分の命じるままに浮かんでは消散させられる人もいないでしょう。全く出鱈目な考えが自分の理性を完全に圧倒し、平静な状態なら限界が定められている希望や恐怖もこの状態においてはそれを凌駕することが全く見られない人はいません。理性を凌駕する空想力というのは大なり小なり狂気と言えます。しかしそれを我々が制御したり押さえつけたりできる状態にある場合は、他人にはそれが悟られず、精神能力の欠如とは看做されません。それが統御できなくなり、その人間の行動や言動に明確に影響を及ぼすようになると初めて狂気と呼称されるのです。

創作に没頭し自分の空想力を飛翔させることは、黙りながら考え込むことがとても好きな人にとってはいい慰めとなるのでしょう。我々が一人でいるとき常に頭が忙しい状態にあるとは限りません。考え込むという作業はそれを長い間継続させるためにはあまりに危険なものです。熱心に何かを得ようと思っても、時には怠惰や飽きにより挫けてしまうこともあるでしょう。外部に気を逸らせるものがない人は、自分が一人考え込むことに快楽を見出すしかなく、そして自分を実際の自分とは異なる存在と看做すしかありません。一体誰が、ありのままの自分に満足しているのでしょう？すると彼は果てしなく続く将来に対して長々と考察を始め、現在その者が最も熱烈に欲しているものをあらゆる空想の中から拾い集めてきます。そして本来ならありえないような娯楽によってその望みに自分を満足させ、現実世界ではとても得られないような権力を得たとして自分の誇りも満足させるのです。その人の精神はある場面から場面へと跳ね回り、あらゆる快楽をあらゆる組み合わせで結合させ、自然や運命の恵みを全て授かっても得られないような喜びに騒ぎ立てるのです。

そうこうしているうちに、特定の思考の流れが向けるべき注意を固定化し、それ以外の全ての知性的な喜びは拒絶されるようになり、精神は疲労したり暇があれば自分の気に入った概念へと絶えず向かうようになるのです。そして真実の苦々しさに心を害することがあればいつでも誤謬へと進んで味わおうとするのです。次第に空想がその者を支配するようになっていきます。それは最初は傲慢に芽生え始め、やがて独裁的なものとなります。そして自分の空想が現実のものだとその人は心から思い始め、誤った意見がその人間の精神に取り憑き、恍惚か苦悶かのいずれかによって人生は夢の如く過ぎ去っていくのです。これが孤独における危険性の一つであり、実際以前の隠者も孤独は必ずしも善を促進するわけではないと告白し、天文学者のこの悲惨さも孤独が叡智を進めるのにいつも有益だとは限らないことを証明したのです」

「私は自分を決してアビシニアの女王だとは思おうとはしないでしょう」とお気に入りのペクアが言った。「王女様が私に自由に与えてくれた時間は、儀式を調整したり宮廷を管理したりすることによって過ごすことが多かったですし、また権威のある者の傲慢さを抑え込んだり、貧しき者の請願を叶えてやったりもしました。私はもっと幸福な状況において新しい宮殿を建築しましたし、山の頂上に植林したりもしました。そして王者らしい善行を施したこともありましたが、王女様が私の元に来てくださったときは、彼女の前にお辞儀をするのをほとんど忘れていたのです」

王女は言った。「そして私も起きているのに夢見心地の気分になって、羊飼いの女になってみたりすることも二度としないでしょう。私は田園という静かで無垢な楽しさで心を宥め、部屋で風の囁く音が聞こえたり羊の嗎が聞こえてくるようになってしまうこともありました。たまに藪に絡まれた羊を解放してあげたり、杖を握って狼と戦ったような気分にもなりました。私は田園の村の乙女たちが着るような衣装も持っていて、それで私の空想にもっと夢中になって、笛を優しく吹いてみたり羊の群れが私の後についてきているような気分になったこともあります」

「私も告白しなければならないのだが」と王子は言った。「それはお前たちよりもさらに危険な空想の喜びに没頭したことがあるのだ。私は頻繁に完璧な政治というものを想像しようと努めたことが頻繁にあり、あらゆる不正や誤りが拒絶され、悪徳は全て矯正され、臣民たちは皆平穏で無垢なままで生活し続けているのだ。この考えは無数の改革計画を生み出したのであり、幾つもの有益な規則と有効な統制が発せられたのだ。これが私が孤独にいる時の慰めであり、たまに職務でもあったりしたのだ。そしてこの状態にいると私の父や兄弟たちが亡くなってもほとんど嘆き悲しまない自分を発見し、驚いたものだ」

「こういったものが、頭の中で計画ばかり立てていると生じるのですよ」とイムラックは言った。「最初考えついたときは、それらが馬鹿げていることは自分でも分かっているのですが、やがてその考えが当たり前のものとなっていき、ついにはその馬鹿馬鹿しさが感じられなくなるのです」

第四十五章　老人と会話を交わすこと

夜も更けたので、家へと帰宅しようと彼らは立ち上がった。月の光が震えるように映えていたナイル川の岸に沿って彼らが歩いていた時、少ししたところに老人を発見し、その人を王子は賢者たちの集いで話を聞いたことがある人のうちの一人であると気づいた。「あそこにいる方は」と王子は言った。「老いにより情念が落ち着いたが、理性は曇っていない方だ。今晩の考察をあの方に自分の現在の境遇についてどう思っているのかを尋ねることによって締めくくるとしよう。イライラと奮闘しなければいけないのは若い時だけで、その後の人生にはまだ良好な展望が望めるかどうか分かるかもしれないからな」

こう言っている間に賢者は近づいてきて一行に挨拶した。一行は一緒に散歩するように招き、しばらくは知人同士が予期せずに出会った時のような他愛もないことについて語った。この老人は陽気でよく喋り、この人が一同にいると目的地まですぐに到着してしまいそうな気がした。老人は自分に注意を向けられていることを知ってうれしく思い、彼らの宿泊している家までついて行き、王子の要求によりこの老人も家に入ったのであった。一行は老人を上座に座らせ、砂糖漬けのジャムと葡萄酒を彼に提供した。

「おじいさま」と王女は言った。「夜の散歩というのは無知であったり若者にとってはとても感じられないような快を学識あるあなたにとって齎してくれるものでしょう。あなたは自分が今見ておられるものの本質やその因果を熟知しておられる。例えば川がどのような法則によって流れていくのか、或いは惑星がどの時期に回転するか等々。何もかもがあなたにとって注意を向けるものを提供し、己の品位の自己認識を改めることでしょう」

「婦人方」と老人は答えた。「遠くに散歩して喜びを得られるのを期待できるのは、陽気で精力のある若い年齢のうちまでだ。私にとってもはや世界は以前のような新鮮さは無くなっている。私は周りを見て、それを自分がもっと幸福だった日々にどう見ていたのかを思い出す。私は木に身を休ませているとき、今や沈黙して墓の中にいる友人とナイル川の毎年の氾濫についてこの同じ木陰で議論したことがあるのを思い出す。私は目線を空へと投げ、移ろい行く月にそれを向け、人生の変転流転に憂鬱な気分を抱きながら思いを馳せるのだ。今となっては形あるものの真実というものを探究することに喜びを抱かなくなった。私はもうそういったものとは今生の別れを告げるというのに、関わったところでどうなるというのだろう?」

「しかしご自身の名誉あり生き甲斐のあった人生を」とイムラックは言った。「追憶しては心を楽しませることはできるのではないでしょうか。皆はあなたに喜んで与える賞賛を享受することもできるでしょう」

「賞賛というものは」そうため息を漏らしながら賢者は言った。「老人にとっては虚しい響きですわい。私には息子の評判を喜ぶような母はもういないし、自分の夫の名誉に与ってくれる妻もおりません。私の友人たちや競争相手たちもすでに亡くなりました。今となっては重要だと思うことは特にありません。というのも私は私自身という限界を変えて興味を拡張することはできないのですから。若さというのは賞賛により快楽を得るものです。というのも将来において何かしらの利益を保証し、人生の展望も遥か遠くまで拡大されるからです。しかしもはや朽ちていく身である私にとっては、人の悪意から恐れることも少なく、ましてや彼らの愛情や尊敬から期待できるものはもっとありません。彼らは私から何かを奪い取っていくことはできるかもしれませんが、逆に私に何かを与えることはありません。富というものも今となっては無益であり、高い地位に就くことは苦痛です。人生を回顧すると、多くの善をなす機会を無視し、どうでも良い些細なことに時間を浪費し、さらに怠惰や虚栄心を満たすことにはもっと多くの時間を浪費したことを思い出してしまいます。私は叶えられなかった計画に手をつけぬままこの世を去り、そして成就しなかった大きな計画もやはりそのままです。私の精神は何か大きな罪によって重荷を背負っているのではありませんので、平穏な状態に身を落ち着けることができます。希望や心配は理性では虚しいものとはわかってはいるものの、いまだに私の心はそれを捉えては離さないので、それらを早く超越したいと努めています。まもなくやってくる最期の時も平静な謙虚さで受け入れたいと思います。そしてこの世では見出せなかった幸福と獲得できなかった徳をもっとより良い境遇で所有することを期待しているのです」

こう言って彼は立ち上がり去っていった。そして彼の話を聞いていた一同は長生きしようとは思わなくなっていた。王子はこのような説明を聞いて落胆するのは理に適わないことだと言いながら己を慰めた。というのも老齢というのは幸福な年代と昔からみなされておらず、もし心身が朽ちていき虚弱になっていくことに安息を見出せるのが可能ならば、精力旺盛できびきびとしている若い時代は幸福のはずだからだ。人生の夜が静かであるのなら、人生の昼は明るいはずなのだ。

王女は老齢に入ると人は愚痴っぽくなり悪意を持つようになると疑った。そして新たにこの世界に誕生してきた人々の期待を抑圧することに喜びを見出しているのだろうと考えたのだ。彼女は自分の私有地の所有者がその相続者に嫉妬の眼差しを向けるのを見たことがあるし、ある楽しみが自分だけのものでなくなると途端に楽しいものと思わなくなることも知っていたからだ。

ペクアは、あの老人が見かけよりもさらに老いていて、ああやって愚痴っぽくなるのも心が落ち込んで錯乱気味になったからだと推測していた。或いは彼は不幸な身であったのであり、そのため自分の人生に不満であったのだろうと疑った。「というのも、自分の境遇を人生の一般的な境遇であると見なすことほど自然なものはないからです」と彼女は言った。

イムラックは彼らが意気消沈するのを見ることを望んでいなかったので、自分自身をこうも簡単に慰められる理屈を見つけ出しているのを見て微笑んだ。そしてイムラックが彼らと同じ年頃の時も、将来の繁栄や幸福へと純然たる自信を同じように持っていて、都合の良い理屈で何かとつけては身を慰めたことを思い出した。彼らに耳障りなことを無理やり知らせるようなことはやめよう。というのも時が来ればやがて彼らも知るようになるのだから。王女と彼女の女召使は部屋へと戻った。天文学者の精神錯乱が彼らの頭から離れず、イムラックにその天文学者の能力を引き継ぎ、翌朝の日の出を遅らせるようにお願いした。

第四十六章　王女とペクアの天文学者を訪問すること

王女とペクアは内密でイムラックが語っていた天文学者について話し合い、その人の性格を愛すべきながらもとても奇妙で、どうしてもその人物についてもっと詳細に知りたいと思った。そしてイムラックに彼の所に連れて行ってくれと頼んだのであった。

この頼みを叶えるのは結構難しかった。かの哲学者は女性の訪問は決して許可しなかった。彼の住んでいる街にはヨーロッパの人がたくさんいて各々の国の風習に従い、またヨーロッパ以外の国民もヨーロッパ的な自由な生活をしていたにも拘らず、である。さりとてこの女性二人の頼みを断るわけにもいかなかったので、彼女たちの望みを叶えるために幾つかの計画が提案されたのであった。一つの提案としては、彼女たちを悲惨な状態にある異邦人として紹介し、それなら徳の高い賢者もいつも許可してくれるというのだった。しかししばらくその提案について熟考してみたら、このような方策では訪問することはできても、友好な関係を築くことはできないだろうと思われたのだ。というのも彼らの間の会話は短くなり、何度も正当なやり方で訪問することをせがむことはできそうにないからである。「確かにそうだ」とラセラスは言った。「しかし自分の身分を偽るということにより一層強い反対意見を私は持っている。というのもその人の徳を、大事なり小事なりで騙すための手段として用いるのは人間の本質という偉大な共和国に対する裏切りだと私は常々思っているのだ。あらゆる詐欺は人と人との信頼性を弱め、善意も冷え込ませるのだ。もしその賢者が実際の王女たちは困った状態にある異邦人ではないということを知ったのなら、自分では優れた能力を持っていると認識しているのにそんな自分自身よりも知性が劣る人たちに嵌められたことを発見し、必然的に憤慨することだろう。そしてそれによって生じる不信感は、後になっても完全に撤回させることはできず、結果として援助の声をあげたり慈善の手を差し伸べたりすることもしなくなるのではないかと私は考える。そして一体お前は、彼の人類への善行を行う力や自分自身における安息を感じる力をどうやって取り戻させるというのだ？」

この王子の発言に対しては誰も答えようとはせず、イムラックは彼女たちの天文学者に会いたいという気持ちが鎮まってくれることを願うようになった。しかし翌日、ペクアは彼に天文学者を訪問するにあたっての正当な口実が見つかったということを伝えた。というのは彼女がアラブ人の下で始めた天文学に関する学びをその人の下で継続するための許可を懇願するというやり方であり、王女は自分の同学の友人としてか或いは女性が一人で訪問するのは決まりが悪いということとした。「残念ながら」とイムラックは言った。「まもなく彼はあなたと共にするのが嫌になるでしょう。あまりに学識を積んでいる人というのは自分の携わっている学問の初歩をまた繰り返すのを好みませんし、その初歩ですらも、彼の推論と思索が織り混ざっていてあなたにとってどれだけ理解できるか怪しいものです」。「それは私の問題であり、あなたのではない」とペクアは言った。「私はただそこに連れていけと頼んでいるのです。私の知識もひょっとしたらイムラックが思うよりも優れているかも知れず、そして彼の意見にいつも賛成していれば実際以上に私が優れた人物だと思わせることもできるでしょう」

この決心を成就させるべく、天文学者にはある外国の婦人が知識を求めて旅をしていて、その天文学者の評判を耳にし弟子になりたがっていると伝えた。このような異常とも言える提案が天文学者の驚きと好奇心を一度に湧き起こした。そして少し考え込んだ後、彼は彼女の訪問を許可し、翌日が待ちきれずずっとそわそわしていた。

女性たちは立派な衣装で身を包み、イムラックに連れられて天文学者へと案内された。そして天文学者は自分がこのような立派な身なりをしている人々が敬意を持って会いにきてくれることに喜んだ。最初の挨拶を交わした時は気後れしてはにかんでいたが、会話に慣れてくると彼は自分の力をまた取り戻し、イムラックが彼女たちに説明したこの天文学者の優秀さに十分応える振る舞いをするようになった。彼はペクアに対してどうして天文学に興味を持ったのかと尋ねると、ペクアは彼に自分のピラミッドで遭遇した危機とアラブ人の島で過ごした時間について語った。彼女は自分の身の上話を楽々と優雅に語り、その話しぶりは天文学者の心を捉えた。やがて会話は天文学へと向けられた。ペクアは自分の知っていることを示した。彼は彼女を類稀なる天才だとみなし、彼女が楽しく始めた学業を決してやめないように懇願した。

彼女たちは天文学者を何度も何度も訪問し、訪問する度に以前よりも歓迎された。賢者は彼女たちを楽しませようと労を払い、長く居続けさせようとした。というのも彼女たちと一緒にいると自分の思想がより脈々と波打つのが感じられたからであった。彼女たちを楽しませようと努めると、孤独の翳りが次第に消え去っていき、彼女たちが立ち去っていくとまた季節を管理するといういつもの作業に戻ってしまうのを悲しんだ。

王女とお気に入りは彼の話しぶりを数ヶ月間観察したが、彼が自分の奇怪な役目を今も続けているのかいないのかを判断するための言葉を一つとして捉えることができなかった。彼女たちは彼にはっきり言わせようと色々と策を巡らせたが、彼は彼女たちのそういった策を易々とかわし、どのような方面から攻め込もうとも彼は彼女たちから逃れ、別の話題を振るのだった。

彼らが親密になるにつれ、彼をイムラックの家へと招待し、そこで天文学者を並々ならぬ敬意を持って接待したのであった。彼は次第に世俗的な喜びに身を委ね始めた。朝早くイムラックの所に来ては遅くまで帰らなかった。精力的に彼女たちに従い、自分が気に入られるようにした。新たな技術を披露しては彼女たちの好奇心を沸き立たせ、彼女たちに自分の助けを必要とさせ続けようとした。そして二人が楽しみか学問のために何かしらの遠出をするときは、自分も連れて行ってくれとお願いした。

彼の高潔さと叡智を長い期間経験するうちに、王子と妹は真実を伝えても問題はないと判断するようになった。そして彼が今まで受けたもてなしから勘違いした期待を引き起こさせないようにするために、自分たちの実際の境遇と旅に出た本当の動機を暴露し、その上で彼に「人生の選択」においての意見を尋ねた。

「君たちの前に広げられている世界の多様な状態において」と賢者は言った

「そこから君たちはどのように選択をなさるべきかを教えるのは私にはできません。私が言えることは、私は誤った選択をしたということです。私は経験を積まずに学問や研究で時を過ごしてしまいました。大抵の場合、学問というのは人類にとって間接的にしか役に立たないものです。私は人生のあらゆる平凡な慰めを全て犠牲にして知識を得たのです。女性との友愛という優雅な交わりもしませんでしたし、家庭生活における団欒も味わいませんでした。もし私が他の学者にはないような特権を獲得したとしても、それには恐怖と不安と小心的な疑いが付き纏ったことでしょう。しかしそういった特権ですらも、譬えそれが何であれ、私がこうして世界と交わることによって色々な考えを持つようになってからは、実際にそんなものはあり得るのかと思うようになりました。数日間娯楽に没頭していると、私は常に自分の今までの探求は誤謬に終わってしまったのではないかとつい思い込んでしまい、そして色々と苦悩してきたけれどそれもやはり無益だったと感じてしまうのです」

イムラックは賢者の理解力が幻影を振り払っているのを見てとって喜んだ。そして自分が天文を管理支配している身分であることを忘れ、自分の理性が昔の影響力を回復するまでは、天文について考えるのをやめさせようと決心した。

この時以来、天文学者は一行とより親密な関係になった。そして彼らの計画にも楽しみにも全て参加するようになった。彼は敬意により一行に注意を払い続け、ラセラスの探究活動によって天文学者も暇に陥る時間がそれほどなかったのであった。

いつも何かしらやるべきことがあった。昼に何かを観察し、それが晩に対話のための材料となった。そして夜は翌日の計画について話し合い、それで一日が終わった。

賢者はイムラックに対して、人生の陽気な騒ぎに交わって自分の時間を面白いことで次々に過ごしていくようになって以来、自分の天候支配という権力が頭から次第に薄れていくと感じるようになり、他人が証明できないような意見を信じることも少なくなり、そういった意見も理性が関与しない原因の多様性によって変化していくものだから、固執するのは馬鹿馬鹿しいと告白した。「もし私が数時間一人孤独に取り残されたら」と彼は言った。「私の凝り固まった信念が私の魂に押し寄せてきて、何か抵抗できぬ暴力的なものによって私の考えは束縛されてしまいますが、そういったことも王子と会話すればやがて縛りが解れて、ペクアが部屋に入ってくればすぐにその鎖から解放されます。私は亡霊にいつも怯えているけれど、灯火があると心休まってしまうような人です。そして先ほどまで暗闇にどうしてあれほどまでに怯えていたのかと不思議に思うのですが、闇を照らすその灯火が消えてしまったら、明るかったら恐怖を感じないと分かっていながらもやはりまた怯えてしまうのです。しかしたまに私は自分の平穏な時間を罪な怠惰によって過ごし、私に課せられている偉大な職務を自分から忘れ去ろうとしているのではないかと怯えてしまうのです。もし私が過ちを犯していると知りながら進んでそれを犯し、或いはこの重大な決断し難い問題を気楽な状態で判断してしまうというのならその罪はどれほど恐ろしいことでしょう！」

「罪を犯しているという恐怖が混ざり合っている空想ほど治療し難いものはありません」とイムラックは答えた。「そういった時は空想と良心が交互に、素早い速さで代わる代わる我々に押し寄せてくるので、片方の幻ともう片方からの命令の区別がつかなくなるのです。もし空想が何か道徳的でなかったり敬虔でなかったりするようなイメージをもたらしたら、そういったものがもたらす苦痛に耐えきれなくなった精神は逃げ去ってしまいますが、もし憂鬱な観念が義務という形を取るとその義務に反抗することなくそれに固執してしまうのです。というのもそれを排除したり追い払ったりすることに私たちは恐怖を感じるからです。この理由から迷信は大抵の場合憂鬱なものであり、憂鬱はほとんど常に迷信めいているのです。

しかしこの申し出であなたの優れた理性を圧倒しようとしているのではありません。自分が怠惰であるという心配は、義務が何かしら存在してなければありえないのです。それについて偏見や先入観なく考えてみれば、そのようなものはほとんどないということが分かりますし、それも毎日が経過していけばより少なくなっていくものです。あなたの心を外から差し込んでくる光に晒してみてください。もしそれに躊躇ってしまうのであれば、そういった躊躇も無益なものだと意識がはっきりしているときならば分かるでしょうから、じっと立ったまま考え込んだりせずに仕事に没頭したりペクアの所にでも飛んでいったらいいでしょう。そしてあなたが人類という巨大な塊のほんの小さな一つの分子に過ぎないのであり、自分だけが何か超常的な寵愛や苦悶を受けるために選ばれた者であるような善徳も悪徳も持っていないということを常に肝に銘じておいていただきたいのです」

第四十七章　王女も加わり、新たな話題を提供すること

「そういったことは全部何回も考えたことですが、私の理性はあまりにも長い間制御不能な圧倒してくるような観念に挫かれていて、理性が下す判断を信頼することができないのです。そして秘密裏に妄想という怪物が私を餌食にすることにより、どれほど私の平穏が掻き乱されているのかを今になってよく分かります。しかし会話をすることにより、憂鬱というのは収縮し解放されるということは分かってはいましたが、今まで私の人生において私の苦悩について話せる人間がいませんでした。私自身の意見があなたのように簡単に錯誤に陥らず、相手を騙す目的も動機もない人によって確証されることを嬉しく思います。時間の経過と多様性が私を非常に長い間囲っていた陰鬱な雰囲気を消散させ、私の残りの人生を平和に過ごせることを望みます」

「あなたの学識と徳ならば問題なくその望みを叶えてくれましょう」とイムラックは言った。

そう会話していると、ラセラスがネカヤとペクアと一緒に入ってきて、翌日のための何か新たな興味が湧くようなことを思いついたかを尋ねた。「誰も新たな変化を期待することでしか幸福は手に入れられないというのが人生というものでしょうね」とネカヤは言った。「変化そ

のものはなんでもありません。もし私たちが変化をもたらしたなら、次に望むことは更に変化をもたらすことなのですからね。世界というものは味わい尽くされたものではありません。明日今まで見たことないものを何か見たいですね」

「多様性というのは満足するに至るにあたって必要不可欠なものであり、あの『幸せの谷』ですら贅沢が何度も繰り返されるから嫌な気分になったものだ」とラセラスは言った。「しかしながら聖アントニオスの修道士たちが単調な喜びではなく単調な苦行を愚痴を洩らさずに行い続けている生活を目の当たりにしたら、自分がいかに忍耐心がないか我が身を責めずにはいられなかった」

「そういった人たちは静謐な修道院の中で、喜びの檻に閉じ込められたアビシニアの王族たちよりも惨めな状態にないのです」とイムラックは言った。「修道士たちによって実行されることは、はっきりとした合理的な動機によって引き起こされたものです。彼らの労働は自分たちに必要なものを供給するのです。そのため労働をなしですますことはできず、そして確かにそれに対して報いが与えられるのです。彼らの神への献身は天の国への支度というべきものであり、天の国が近いことを忘れさせないのと同時に、それに適合させもするのです。彼らの毎日の時間は規則正しく区分されています。ある任務が終わればまた別の任務に取り掛かり、それによって彼らは自由気ままな状態で放心状態になることもなく、気乗りせずボケっとして薄暗い影に取り残されるようなこともないのです。決められた時間にこなすべき職務が彼らにあるのです。そして精を出して働くのは彼らにとって楽しいことなのです。というのも彼らにとってそれは敬虔な信仰としての活動であり、それによって常に果てしない幸福へと近づいていると考えているからです」

「掟が厳密な修道士のような人生を送ることは、他の人生よりももっと高貴で完全なものだとイムラックは思うのですか?」と王女は言った。「人類に心を開いて交わり、自分の慈善によって苦境にある人を助け、自分の学識によって無学な者を指導し、自分の熱心な努力によって人生の一般的な体系に貢献することも同じくらい望まないのでしょうか?その場合確かにその者は修道院において実践されているいくつかの苦行は行わず、自分の身分相応の無害な喜びに身を委ねることができたとしても、です」

「今王女の述べた疑問が、昔から賢い人たちによって異なった見解が示されてきて、そして善き人々も当惑させてきたものです」とイムラックは言った。「そして私としてもどちらか一方に偏りたいとは思いません。広い世界で善く生きる人は、修道院というより狭い範囲で善く生きる人よりも優れているとは思います。しかし公と交わる生活において誘惑に完全に抗うことのできる人はおそらく誰もいないでしょう。そしてもし彼が抗うことができないというのなら、隠遁した方がまだましかもしれません。何割かの人は善を為すだけの力を少ししか持っておらず、同様に悪に抗うだけの力も少ししか持っておりません。多くの人は苦境と争うことに疲労困憊していて、善行を長い間為そうとしても結局甲斐がなかったので、そういった行いは放棄しようと思うようになります。そしてやはり多数の者たちが老齢と病によって社会の義務というもっと重い義務から免除されてしまいます。修道院においては弱者や臆病者は幸福に匿われ、疲労の安息を見出し、後悔の念も和らぐかもしれません。そういった祈祷者や黙想者たちの隠遁は、人類全体の精神と通じるものがあって、もしかしたら自分の人生を自分自身に対するのと同じくらい大事な数人の友人たちとあの敬虔な脱俗状態で終えたいと願わない者はいないのかもしれません」

「そういったことは私もたびたび願ったことで、王女様もご自身が大衆の中で逝去したくはないと公言されたのを何度も耳にしました」とネカヤは言った。

「無害な快楽を享受する自由に関してはここで議論するのはやめておきましょう」とイムラックは言った。「しかしどのような快楽が無害なのかはやはり検討に値するべきものと言えるでしょう。王女様が想像できる快楽の悪はそれ自体が悪というわけではなく、それがもたらす結果によって悪となるわけです。それ自体が無害な快楽でも結果として害をもたらすことがあるのです。人生が儚いながら苦労の多いものとわかっていながら快楽に溺れ、毎時間過ぎるごとに我々が生まれる前の状態へと近づいていくが、それが終わることがないということを直視しなければ悪になり得るのです。禁欲や苦行はそれ自体が有徳であるのではなく、また五感からの誘惑から私たちを逸らせること以外に有益な点があるというものでもありません。我々は皆、未来において完全な状態になるのを夢見ますが、本当に完全になったのなら味わう快楽に危険性は何らなく、何も制限を被らないのに安全性がもたらされるでしょう」

王女は黙り込んでいて、ラセラスは天文学者の方を向き、王女に何か彼女が今まで見たことのないものを示すことによって彼女の隠遁を先延ばしにできないかと尋ねた。

「王子様の好奇心はとても広い対象へと向けられているものでして、そして知識への渇望もとても熱烈なものでありますから、未だになお新鮮な気持ちにさせるようなものを探し出すのはとても難しいです。しかし生きている者から今となっては得られないものは、死者から得られるかもしれません。この国の不思議として数えられているものの一つとしてカタコンベというのがあります。それは古代から残る地下墓地であり、人の有史以来の最も早い時代における遺体が収納されていて、その死体に樹脂が塗られているおかげによって彼らの状態は腐敗を被っていないのです」

「そのカタコンベとやらを見ることによってどのような楽しみが私にもたらされるのかは分からないが」とラセラスは言った。「とにかく他に何かあるというのでもないので、それらを見に行くとしよう。今までも他にやることがないのでとりあえず新しいことをやってきたわけだが、今回もそんな感じというわけだな」

一行は騎手を護衛として雇い、翌日カタコンベを訪れた。陰気な洞窟へと彼らが降って行こうとしたところ、「ペクア、今からまた死者が住まうところに入って行こうとしているの。また前回のような危険に遭ってほしくないから、ここに残っていて頂戴」と王女は言った。それに対してペクアは「いいえ、今回は私も参ります。王女様と王子様に挟まれて降っていきます」と答えた。

そして一行は降っていき、遺体が両側に列をなして収納されている地下通路の迷宮の不思議さに驚きながら徘徊した。

第四十八章　イムラックが魂の性質について語ること

「他の国民たちは死体を炎で燃やしたり土に埋葬したりして、相応の儀式さえ行えたらすぐに死体を自分たちの視覚から遠退けるというのに、一体どうしてエジプト人たちはこのように莫大な手間をかけて遺骸をわざわざ保存しているのだろうか」と王子は尋ねた。

「古代から続く慣習の元々の起源については一般的に知られておりません」とイムラックは言った。「というのもそれを行う必要がなくなってもなお実行され続けることもありますからね。そして迷信めいた儀式に関して推測したとしても無駄な骨折りになるでしょう。というのもそれは何であれ、理性によって生じたものではないのですから、理性によって説明することができないというわけです。私は今まで死体に樹脂を塗って保存したのは、死体の親類や友人たちを安心させるために行われたと考えていて、こういった死体への措置が一般的だったとは考えにくいのでどうしてもそう考えてしまいます。死者に全て樹脂が塗られたら、彼らの遺体収納所は生きているものの住処よりももっと広い面積になっていることでしょう。恐らく金持ちや地位の高い人の遺体だけが腐敗することから保護されていて、他の遺体は自然に委ねるままに朽ちていったことでしょう。

しかしながらエジプト人たちは、肉体が分解されない限り魂は生き続けるものと一般的に信じていたのであり、このやり方を取ることによって死を避けようとしたのです」

「賢明なエジプト人たちが、魂に限ってそんな粗野に考えることはできるのでしょうか？」と王女は言った。「もし魂が肉体と分離しても滅びないとしたら、後になって肉体からどのような苦しみや影響を受けるというのでしょう？」

「何分当時は遥か昔であり哲学の曙という段階で、偶像信仰という闇が時代を覆っていたのですから、エジプト人たちも間違った考えを抱いてしまったのでしょうね」と天文学者は言った。「魂の性質に関しては、知識がより鮮明になった今の時代においてもなお議論されているのですから。ある者はそれは物質的なものであると言いながら、それでも魂が不滅のものだと信じたりもするのです」

「魂は物質的だと言う人ももちろんいますが、物を考えることができる人が本当にそのように考えているとはとても信じられないですね。理性によって下される結論は全て精神が非物質的だということを示すことになるし、感覚によって認識されることや科学が証明するものは全て、物質には意識がないことで意見は一致するのですからね」

「物質が思考する性質を有していたり、全ての一粒一粒の分子が思考する存在だと考えられたことはないです。しかし物質のどの部分も思考が欠如していたなら、一体どの部分で我々は思考することができると推測できるでしょう？物質は別の物質とその形状、厚さ、大きさ、動作、そして動作の向ける方向のみによって区分されます。これらをどのように変化させ、どのように組み合わせたところで、意識を与えることなんてできるでしょうか？丸かったり四角であったり、固体だったり液体だったり、大きかったり小さかったり、ある方向からある方向へと素早く動いたりゆっくり動いたりするのは、物質的な存在の性質な訳ですが、これらは全て思考するという本質からは平等に疎遠なものです。もし物質が一旦考える力を持たないということになったら、何か新たに改変させることによって思考させるしかないのですが、しかし行える改変はなんであれ全て思考する能力とは全く関係のないものです」

「しかし唯物主義者たちは物質には私たちが知らないような性質を持っているかもしれないと声を荒げて主張していますな」と天文学者は言った。「自分の知らないことがあるかもしれないといって、知っていることを無視するような結論を下す人、つまり可能性に過ぎない仮説だけを重んじ、すでに確証されている事実を軽視する人は、理性ある人間と認めることはとてもできません」とイムラックは答えた。「我々が物質において知っていることは、物質は自分から動くことはできず、感覚と生命を持たないということです。そしてこの確実なことに対して、私たちが知らないようなことを推測する形でしか反証できないのなら、人間の知性が認められる証拠全てが我々の側に立つというわけです。もしすでに確実なことが不確実なことに屈服されようものなら、いかなる存在も、譬えそれが全知全能な存在であったとしても、確実な真理へと到達することはできないでしょう」

「だが創造者の力をあまり傲慢に制限してしまわないようにしましょう」と天文学者は言った。

「あることがあることと矛盾するとするのは、神の全能を制限することではありません。ある命題が真であると同時に偽であることは不可能であり、同じ数字が偶数であると同時に奇数であることはあり得ず、同様にある存在が思考することが可能であることと同時に不可能であるとするのもこれまた無理な話です」

「このような疑問がそもそも何か役に立つことなんてあるのかしら」と王女は言った。「あなたが力を込めて証明したと私は思う非物質性は、永遠に存続するようなものなのでしょうかね」

「非物資的というのは私たちにとって消極的な考え方ですので、そのため不鮮明になってしまうところもあるでしょう。非物質性というのは、腐敗して朽ちる原因が全くないというわけですから、その意味で永久に存続するという自然の力を有していることを示唆しているとも言えます。滅びるものが何であれ、その体系組織が分解され部分部分が分離されてしまうことによって破滅します。そして部分がないものがどうやって分解し、そこから腐敗したり損なわれたりしうるのか、私たちには考えることなんてできません」

「私には外延性のないものをどうやって認識するのかは分からないな」とラセラスは言った。「外延のあるものには部分が必ずあるのであり、そしてイムラックが言うように部分のあるものは滅びるのではないか」

「王子ご自身の抱いている観念に思い巡らせてみれば、王子の疑問も困難なく解けるでしょう。外延性の持たぬ実体が明らかになるでしょう。観念というものは物質に劣らぬ現実性を持つものです。そしてその観念には外延性というものがないのです。王子がピラミッドについて考えなさる時、王子はピラミッドの観念を抱くでしょう。そして王子の抱くそのピラミッドが建造された状態にあるのも疑いのないことです。そしてそのピラミッドの観念が占める面積的な広がりは、一粒の米の観念の面積とどれほど違うというのでしょう？ 或いはそれらの観念二つが害され壊れることなんてあるでしょうか？ これが結果と言うべきものなので、そこから原因を類推できます。思考される内容を見れば、思考力そのものも把握できます。それは外部からは乱されぬ、不滅と言うべき力なのです」

「しかしその名を呼ぶのも憚れる主の名前、魂を創造した主ならば魂を破壊することもできるのではないでしょうか」と王女は言った。

「確かにそうでしょうね。というのもそれがどれほど不滅の存在だろうと、その性質自体はそれよりもさらに優れた存在から授かるわけですから。滅びるものも決してそれ自体に滅びるという性質や腐敗の原理を有しているのでもないことは哲学によって示されるでしょうが、かといって哲学はそれ以上のことは示しません。創造者によって創造物が滅びるかどうかは、私たちよりも優れた存在による教授を待つ必要があります」

一同全体は黙り込み、考えに耽った。「このような死の光景から戻るとしよう」とラセラスは言った。「もしこの住処を見物する人が、自分がいずれは死なない存在だと知らないのならば、取っている行動も今後も続き、思考も今後もずっとなくならないと思っているのならば、どれほどここが陰鬱なものとして映ることだろうか。我々の面前において横たわって広がっている者たちは古代の賢者や権力者であろうが、この者たちもこうして死んでいるとまるで今置かれている境遇がいかに儚いかを警告しているかのようだ。もしかすると、彼らもまた我々のように『人生の選択』に勤しんでいるときに突然この世から奪い去られたのかもしれない」

「私にとってはもう『人生の選択』は以前ほど重要ではなくなりました。今後は永遠の選択についてだけ考えたいと思います」と王女は言った。

そして一行は洞穴から急いで立ち去っていき、護衛に守られながらカイロへと戻った。

第四十九章　何ら結論されない結論が下されること

今はナイル川が氾濫している時期だった。カタコンベに彼らが訪問した後、川もまたもや満ちてきた。

一同は外出することができない状態にあった。地域全体が水浸しになっていたので遠出することができず、会話するための材料はたくさんあったので、今まで観察してきた人生の多様な形態について比較することによって気を紛らわし、幸福への多様な計画を各々が抱いていた。

ペクアはアラブ人が王女へとその身を引き渡した聖アントニオス修道院ほど魅力的だと思った場所はなかった。そこを信心深い侍女だけで満たし、そこの組織の長になりたいとだけ願った。彼女は期待と失望に疲れてきて、何かしら不変の境遇に身を喜んで置きたいと願った。

王女は世俗的な物事において、知識こそが最良と考えた。彼女はまず全ての学問を学びたいと思い、自分が管轄する学識ある女性たちのための学校を創設したいと思った。そして老いた人たちと会話を交わし、若者を教育することによって、叡智の獲得と交わりにおいて時間を割くことができ、次の世代のための知恵の模範と敬虔の態様を示したいと思った。

王子は小さな王国を想い、そこを自分で正義によって統治したいと思った。そして自分の目で政治の隅々まで目を見張らせたいと考えた。しかし自分が空想している国家の領域に限度を設定することができず、臣民の数もどんどん増加していった。

イムラックと天文学者は人生の流れに身を任せどこにも目指さない状態にあることに満足した。

これらの願いも各々は結局は何も獲得できないことは十分に承知していた。何をなすべきか一同は考え込んだが、ナイル川の氾濫がおさまれば、アビシニア王国へと戻ろうと決意するに至った。

完

【注】

1 Abisinia：エチオピアを指している。

2 Amhara：アフリカに存在する民族名であり、主にエチオピアの中央高地帯に居住する。

3 Surat：インド北西部に位置するグジャラート地方の港湾都市。ムガル帝国期にはその商都としては衰退したという歴史もある。

4 Indostan：原文においてはこのように表記されるが、現代の英語では Hindustan と書かれる。ムガル帝国は自らの国をこのように称していたとされる。

エピロゴス

ソクラテス：「人生の選択」というのは果たしてあるのだろうか。つまり人は自分の人生を自分の意思で決定できるのだろうか。

マテーシス：理論上は可能だとは思います。とはいえ社会には多数の鎖や障害物があちこちにあって、なかなか自分の人生を「選択」することは難しいとは思います。

ソ：具体的には？

マ：一つは金でしょう。人は金を稼いで生きていかないといけないわけですから、それだけで自分の人生の選択肢が大幅に狭まれてしまうでしょうね。例えば音楽家とか作家とかで自分の人生を「選択」しようと思っても、生きていく以上必要最低限の金は少なくとも必要ですからね。大抵その必要最低限すらも達成できずに諦めていく人が九割といったところでしょう。

ソ：若き頃こそ夢でいっぱいだが、やがてその希望は失望と絶望に変わる、といったところだね。

マ：そしてその残りの一割も果たしてどこまで行けるのやら怪しいものです。もちろん金が全てではありませんがね。しかしそれでもやはりある程度の生活の余裕が得られるだけのものは欲しいというのが人情といったところでしょう。そもそもそういう具合に金を稼ぐのなら結局は商売です。それゆえ、金を払う観客に作品とか演奏をある程度合わせる必要が出てくるでしょう。仮に相応に売れて相当に儲かったとしてもですよ、金を払う客に合わせないといけないわけですからね。結局時流に合わせないといけないわけです。その中でまあ三割ほど自分の本当の意味での独創性を織り込めるのが関の山といったところでしょう。

ソ：ふむ。

マ：それにこういったものは何も芸術家のような浮き沈みが激しいものだけに限りませんね。仮に学生が就職活動を控えていて、色々と就職の選択肢があるとしましょう。公務員とか飲食とか商社とか事務員とかとにかくなんでもいいですが、どれを選択しようとそれはあくまで大枠を選択したに過ぎないのです。つまり例えば公務員に選択するとしましょう。しかしそれはあくまで公務員という身分を選択したに過ぎません。もしかすると自分のやりたい大まかな分野もまた選択できるのかもしれません。しかしながら自分の行う仕事を逐一自分で決定できるわけではないでしょう。むしろ意に反することが多数あります。だから、本当の意味での「選択」とは言えないでしょうね。

ソ：君の話を総合すると、本当の意味で「選択」するにあたっては少なくとも金銭的な側面は除外しなければならないということになるね。

マ：そうですね。「人生の選択」というのは結局のところ、好きなことをやる、ということになるでしょう。趣味と決定的な違いは何かというと、趣味は一時的なものですが、本当の意味での「人生の選択」ならばその好きなことを基本一日中行っているということになりますね。まあ好きを仕事にするといった類のものです。それは金銭とかの対価を得るものではあってはならないですし、また他人やもしいるのならば上の身分の人間がするなといってもする位のものである必要があると思いますね。そうなってくるとそもそも「人生を選択」できる人間という状態にあるのはごく僅かな人間になってしまいますね。

ソ：つまり今後も食べるには困らない金持ちというわけだね。

マ：はい。ほとんどの人間はなんとか世の流れに乗って生きていくので精一杯でしょう。能力の高い人間もいるでしょうが、そういう人も流れのより先頭な部分に立つことはできるでしょうが、それでもやはり流れに乗っていることには変わりはないですね。それに私なりの考えだとそもそも最低半分くらいの人には「人生を選択」させない方がいいものと考えています。

ソ：ほう。

マ：まあ身も蓋もないことを言ってしまえば能力は低いですし、かのアリストテレスの言葉を借用すれば「奴隷気質的な人間」換言すれば「他人の命令があって初めて本領を発揮できる人間」であるので、下手に選択の自由を与えると逆に身を破滅させてしまう恐れがあるとも考えています。人間というのは弱者と強者に分かれているのは厳然たる事実なわけですが、それを分ける要素の一つとして自分で考えられるかにあると思っています。いや自分で考えるならば誰だってできることでしょう。自分で考えた上で、さらに行動に移し結果を出すことができる人間ですね。

ソ：確かにそうだな。人間の大半はなんの努力をしなくてもいい楽な環境だと、どんどん楽になり怠惰という沼にハマってしまう。それは種族の維持という生物的な本能としては適切なのだろう。だが問題はその楽な環境がなくなったとき、怠惰という沼から抜け出すのは非常に困難だということだ。

マ：そうですね。少なくとも楽な環境でもそういった怠惰の沼にハマらない人でないと選択するべきではないと思います。いやそもそも選択することすらできない状態にあるのが大半の人間ですがね。

ソ：君の言っていることに付け加えるとだよ、そもそも強者すらも「人生の選択」を行えるのか怪しいものだね。

マ：それはつまり、どういうことでしょう？

ソ：人の性格は変えられない、とよく言うではないか。自分の持っている性格は案外自分でもどうにもならないものだ。例えば、自分の人生を振り返ってみてどうして自分はあの時あのような行動をとったのだろう、と思うような時があるのではないかね。あるいは自分の未来の行動が過去に自分が思い立っていた行動とは全然違う方角へと進歩ことがある人も多いことだろう。自分の好きなことも自分の意思で選んでいるというより、なんとなく感覚的に心地よいから選んでいる要素を大きく孕んでいると言っていいのではないかね。

マ：まあ、確かに。自分というのは自分でも感知できないような見えない力によって動かされているという言葉を聞いたことがあります。

ソ：なので仮に人生を選択できる状態にある人が実際に人生を選択するとしても、本当にそれは本人が完全に自分の意思で選ぼうと思い立って選んだものだろうか。どちらかと言うと、色々と生きていて気づいたら今のような状態にあったという方が正しいのかもしれない。うまい表現が難しいが、ただやりたいことや短期的な目的を達成するように生きてきて、自分を取り巻く状況が七転八転し、気づいたら今のような状態にある、というのが正しい。

マ：なるほど。

ソ：そもそも人生というのはどこかで明確な区切りがあるというのでもない。川のように生まれてから死ぬまで流れていくわけだから、ある点にくっきりと選択して方向を変えることはできないと思うがね。多少は蛇行することもあるだろうが、結局はまた自分という本流へと帰るのだろう。

編集部より

サミュエル・ジョンソン（Samuel Johnson、1709-1784）はイギリス人作家である。博学な読者の中には編集部が彼を作家として紹介したことに異を唱える方もいらっしゃるかもしれない。というのも、彼の業績は本作のような小説のみに尽きるものではなく、詩歌や文芸批評、果ては伝記研究や辞書の編纂にまで及び、また当時の人々を彼の警句や機知に富んだ話術で魅了し「クラブ・マン」と称され社交界の中でも重要な地位を得るに至ったが故である。

サミュエル・ジョンソンはイングランドのリッチフィールドに古書店の息子として一七〇九年に生まれた。オックスフォード大学に進学したが、生家は貧しかったようで中退を余儀なくされ、以降は故郷で教師として働いた。

作家や知識人としては一七三七年にロンドンでの生活を始め、悲劇や記事の執筆を行った。現在私たちが享受しているサムエル・ジョンソンの業績は一七三七年以降のものが多かろう。特筆すべき活動としては、一七四六年に創設された「ザ・クラブ」で主導的な働きをしたことが挙げられ、ここにはエドマンド・バークやアダム・スミス、そしてエドワード・ギボンといった世界史上重要な知識人たちが駆け付け活発に知的交流を行っていた。なお、本「マテーシス古典翻訳シリーズ」の次巻はこのエドワード・ギボンの作品より刊行の予定である。閑話休題。

他にもこの時期の彼の重要な業績に『英語辞典』作成が挙げられる。これはジョンソンが依頼を受けて行ったものであり、一七四六年に編纂を開始した。そしてなんと早くも一七五五年に二巻本でこの辞典を完成させ、この業績によりオクスフォード大学の文学修士となった。編集者として言わせてもらえば、十年未満で二巻本の辞書を完成させたというのはまさに「神業」のようなものであり、素直に感嘆の念を禁じえない。

これらの出来事の後一七五九年に本書『ラセラス』が刊行された。本書は深く幸福を追求した作品であり、幾人かの人物の視点を通し世の困難さと複雑さが語られていく。どの人物のどの視点に自己投影するかは読者次第であり、各人が王子ご一行の旅を通して各人なりに幸福とは何かをまさに空を掴むような気持ちで探求していくことになる。

この小説の後には、ジョンソンの警句を豊富に収録し、伝記の古典的大著とも言われる評伝を執筆したスコットランド人のジェイムズ・ボズウェルと深い交流を持つようになった。今回の小説『ラセラス』やサムエル・ジョンソンその人に興味を持った読者の皆様には是非こちらの伝記を手に取ってほしい。読み進めるにつれあなたの目の前でジョンソンが活き活きと話し出すこと請け合いである。他にも重要な業績としてシェイクスピアの戯曲集を刊行するなど、作家としてだけでなく文献学者としての業績も残し、加えて一七七六年には法学博士号をも取得している。そして一七八四年に逝去した。

ここまで見てきた輝かしい、多岐に渡る業績の数々だけでも驚くべきものであるが、英国人から「ジョンソン博士」や「典型的イギリス人」と称され人口に膾炙した重要な作家であり知識人である。親しみやすいような気もすればどこか私たちを遠ざけているような気もする、気難しさと哀愁のただよう作品を残した「作家」であるが、それでも「愛すべき英国紳士」であることには変わりないであろう。

訳者紹介
高橋 昌久（たかはし・まさひさ）
哲学者。
Twitter: @mathesisu

カバーデザイン　川端 美幸（かわばた・みゆき）
e-mail: bacxh0827.miyukinp@gmail.com

王子ラセラス、幸福への彷徨

2024年2月9日　第1刷発行

著　者　サミュエル・ジョンソン
訳　者　高橋昌久
発行人　大杉　剛
発行所　株式会社 風詠社
〒553-0001 大阪市福島区海老江5-2-2
大拓ビル5-7階
Tel 06（6136）8657　https://fueisha.com/
発売元　株式会社 星雲社
（共同出版社・流通責任出版社）
〒112-0005 東京都文京区水道1-3-30
Tel 03（3868）3275
印刷・製本　小野高速印刷株式会社

ISBN978-4-434-33023-0 C0098